LOVE IN THIS SEASON

那一季，我们温暖相遇

弘丰 主编

吉林文史出版社
JILINWENSHICHUBANSHE

图书在版编目(CIP)数据

那一季，我们温暖相遇 / 弘丰主编 . -- 长春：吉林文史出版社，2019.6

ISBN 978-7-5472-6126-2

Ⅰ . ①那… Ⅱ . ①弘… Ⅲ . ①散文集－中国－当代 Ⅳ . ① I267

中国版本图书馆 CIP 数据核字(2019)第 079496 号

NAYIJI WOMEN WENNUAN XIANGYU

书　　名　那一季，我们温暖相遇

主　　编　弘　丰

责任编辑　高冰若

封面设计　末末美书

出版发行　吉林文史出版社

地　　址　长春市福祉大路出版集团 A 座　　邮编：130117

网　　址　www.jlws.com.cn

印　　刷　北京德富泰印务有限公司

开　　本　880mm × 1230mm　1/32

印　　张　7.5

字　　数　150 千

版　　次　2019 年 6 月第 1 版　2019 年 6 月第 1 次印刷

书　　号　ISBN 978-7-5472-6126-2

定　　价　35.00 元

PREFACE
前　言

世界上最远的距离不是天各一方，
也不是生死之隔，
而是我在你身边，
你感觉不到我的存在；
世界上最近的距离不是眼前或瞬间，
也不是意念或誓言，
而是无论漂流到哪里的你和我的心，
因为你知道我爱你。

昨天在网上看到了这样一段爱情短文：

女孩终于鼓起勇气对男孩说：“我们分手吧。”男孩问：“为什么？”女孩说：“倦了，就不需要理由了。”一个晚上，男孩只抽烟不说话，女孩的心也越来越凉，“连挽留都不会表达的情人，能给我什么样的快乐？”过了许久，男孩终忍不住说：“我要怎么做你才能留下来？”女孩慢慢地说：“回答一个问题，如果你能答到我心里的答案，我就留下来……”“比如我非常喜欢悬崖上的一朵花，而你去摘的结果是百分之百的死亡，你会不会摘给我？”男孩想了想说：“明天早晨告诉你答案好吗？”女孩顿时心灰意冷……

早晨醒来，男孩已经不在，只有一张写满字的纸压在温热的牛奶杯下，第一行，就让女孩的心凉透了，“亲爱的，我不会去摘，但请容许我陈述不去摘的理由，你只会用电脑打字，却总把程序弄得一塌糊涂，然后对着键盘哭，我要留着手指给你整理程序；你出门总是忘记带钥匙，我要留着双脚跑回来给你开门；酷爱旅游的你，在自己的城市里都常常迷路，我要留着眼睛给你带路；每月它（好朋友）光临时，你总是全身冰凉，还肚子疼，我要留着掌心温暖你的小腹；你不爱出门，我担心你会患上自闭症，我要留着嘴巴驱赶你的寂寞；你总是盯着电脑，眼睛被糟蹋得不太好了，我要好好活着，等你老了，给你修剪指甲，帮你拔掉让你懊恼的白发，拉着你的手，在海边享受美好的阳光和柔软的沙滩，告诉你一朵朵花的颜色像你青春的脸……所以，在我不能确定有人比我更爱你以前，我不想去摘那朵花……”（女孩的泪滴在纸上形成晶莹的花朵）女孩抹净眼泪，继续往下看：“亲爱的，如果你已经看完了，答案还让你满意的话，那请你开门吧，我正站在门外，手里提着你最喜欢吃的鲜奶面包……”女孩打开门看见他的脸紧张得像个孩子，只会把拎着面包的手在她眼前晃。

爱情的真正意义，就是互相帮助而已。无论处在爱情的哪一个环节，都离不开双方的付出。当一方停止努力，就会失去平衡，互爱的目的不再可能实现，爱情也就宣告死亡。真正的爱情就是“互爱”。

本书收录了多个感人至深的爱情故事，让你感受人世的情，人世的暖，人世的美……爱可能是一句话语、一个眼神、一个动作，又或者是一方手帕，但在被爱的人眼中，这便是整个世界。不要让真爱在等待中慢慢消逝，不要让真爱轻易地从身边悄然溜走，也不要让爱自己的人永远等待。爱，是彼此珍惜。

CONTENTS

目　录

第一辑

听到幸福在唱歌

再抱我一分钟

紧紧地环着他的腰，她知道这一辈子她的选择没有错。她会幸福的，会有爱自己的丈夫和他们全心期待的可爱的孩子。

她穿着白色的睡衣站在那里，眼中满是期待的神色。他坐在电脑前，转过头望着她，心中不禁一阵荡漾。

从座位上站起身，他张开双臂将她拥入怀中。“都快1点了，怎么还不睡？”她将头深深地埋在他的怀中，语气中多了一丝委屈：“老公，你好久都没有抱过我了。”他搂紧了她，紧得连一丝空隙都没有，紧得，似乎永远都不想放开手。

她是个特别的女孩儿，他一直都这么觉得。他们原本是彼此朋友的朋友，只是出于礼貌才会点头的那种。他曾看见她与一群姐妹们疯狂地又笑又叫，也曾看过她慧黠的眼眸灵动地转上几圈，将人整得无以复加。他想，她真的不适合做老婆。这女孩儿太疯了，她只适合做个玩伴儿。

直到有一天，他看到喝醉的她。她就那么安静地坐在角落，独自喝着酒，独自拭着泪。那里，他和她都在听那首歌——《Forever》。她是为这首歌的词流泪吗？他想。或者，会是什么呢？

她喝醉了，一个人醉倒在桌子前。他扶起她，不晓得她住在哪里，她被带到了他住的地方。他将她扶上床。她紧闭着眼睛，无意识地紧抓着他的手，呢喃着“不要走”。他第一次看到她的脆弱。那一夜，他揽着她和衣而眠。

她是在他怀中醒来的。他望着她，看着她睁开眼睛时如婴儿一般懵懂。片刻之后，她重拾回凶悍与戒备："你怎么在我床上？你要做什么？"她的眼睛中威胁的意味颇为浓郁。"是你在我的床上，而且是你在抱着我。"他笑着说。她怀疑地看看周围再看看自己。是呀，这不是她的床，而她的手正横过对方的腰环着他。

她轻轻地将手慢慢地抽回来，似乎以为这样子他便不会察觉。而细心的他还是看见了她脸上的一丝赧然。她的眼睛转了几圈，最后才停留在他的脸上，"我什么都没干。"她说。不过似乎底气不足。

他轻笑出声："做我女朋友吧！"他看着她的眼睛，温柔地说。

"这算不算求婚？"她问，手指轻颤。

"还不算。不过如果你想的话。我可以考虑。"他的一只手横过她的腰。

"如果你每天可以抽一分钟来抱我，那么我就答应你的求婚。"她说，眼睛亮亮地，直直地望着他。

"嗯……好吧，那就三个月以后结婚吧。"他说。

就这样，他们在他的床上订下了婚约。

"老公，你要抽一分钟抱我！"她说。结婚以后，她总会提醒他这个承诺。他是甘之如饴的。因为他从来没有想到，从前古灵精怪的她竟然也有着女人的柔媚和孩子般的娇憨。每天，他都会抽出多于一分钟几倍、几十倍甚至几百倍的时间来抱她。

渐渐地，他开始忙了起来。每天下班要坐在电脑前几个小时。每一次她说"抱我一分钟"时，他总会抱歉地看着她说："下次吧，老婆。明天一起补给你。"于是她便静默地坐在沙发的一角，抱着膝望着他，每次当他终于决定休息时，她都已经趴在沙发上疲倦地睡着了。

忙碌的工作使这个“抱一分钟”的承诺淡得几乎退出了他的脑海。他有他的事业要做，“她会懂的”，他这样想。每天的工作累得他筋疲力尽，永远做不完的事情就这样围着他转，让他无暇再去想其他。于是，他忘了她的生日，忘了他们一周年的结婚纪念日，忘了要给她一个晚安吻，也忘了给她最想要的拥抱。

她越来越沉默了，经常坐在那里看着忙碌的他发呆。她发觉他的笑容越来越少了，于是她的笑容也跟着越来越少了。生日时，她在一张卡片上写下“送给最爱的妻子，祝你生日快乐——永远爱你的老公”，结婚纪念日，她伴着燃尽的蜡烛和冷透的饭菜趴在餐桌上睡去。看着他团团乱转的身影，几次她甚至有些怀疑当初的决定是不是太草率，毕竟他们都还年轻。

这天，刚刚从医院回来，她的脸色有些苍白。她就是怕去医院。曾经有他的陪伴，他几次拥着哭得眼睛通红的她走进门诊室做检查。这是她一辈子的弱点啊，他是知道的。那时他总会取笑她这么大的人去医院竟然会比孩子哭得还要厉害，原因只是怕打针。这一次，徘徊在医院的门口，她都不敢走进去。克制心中的恐惧对于她来说真的是太困难的一件事。

但最终她还是走进去了。检查的结果令她大出所料——她怀孕了。

回到家，她苍白着脸几次想告诉他这个消息。而他却忙得顾不上看她一眼。已经 1 点了，夜深露重，他却仍然坐在电脑前。他们从未吵过架，可她觉得现在的生活比大吵一架还要可怕——他竟连吵架的时间都没有。

穿着白色的睡衣，她终于鼓足勇气打断了他的工作：“老公，抱我一分钟，好吗？”

他转过头望着她，那一刻，她看到他眼中的诧异而后又变得温柔。将她揽在怀中，他说：“都快1点了，怎么还不睡？”

趴在他的怀里，她的泪终于流了出来，委屈地说：“老公，你已经好久都没有抱过我了。”

她好爱他啊，她真的好爱他。从那个在他怀中醒来的清晨开始，她知道自己渴望这样一个温暖的怀抱。虽然是匆匆订下的婚约但她并不后悔。贪恋着他的怀抱，她总是想如果他还愿意抱她，那么就一定还爱她。然而这样温暖的怀抱她却很久都不曾拥有了。

“怎么了？”他轻声问，让她坐在腿上，他不禁低头亲了她一下。

“老公，”她吸吸鼻子，“每天分给我一分钟好不好？一分钟就好。”

她祈求的眼神让他心中一阵酸痛。自己真的好久没有抱过她了。她是那么地活泼，那么地灵动。现在的她却沉静得让她无法与曾经的她联系到一起。

“老婆，我有没有说过我爱你？”他说。

看着她惊讶地睁大眼睛，他知道这句话他真的晚说了很久。

她有些瞠目结舌。他真的说爱她了吗？呆愣了半晌，她开心地抚着肚子说：“宝宝，听到了吗？爸爸说爱妈妈了，爸爸说爱妈妈了呢！”

呆住的人换成了他。好半天他才又找回了自己的声音：“宝宝？我们的宝宝？”他的声音颤抖着，有些难以置信。

“嗯！”她点头。

他抱紧了她，完全沉浸在喜悦之中。

“老公，每天抱我们一分钟，好不好？”她说，眼睛里浮起一层雾气。

“嗯！”他保证地点头。是啊，有什么会比妻儿更让他感到幸福的呢？！

紧紧地环着他的腰，她知道这一辈子她的选择没有错。她会幸福的，会有爱自己的丈夫和他们全心期待的可爱的孩子。是的，她会永远幸福的。

“老公，再抱我一分钟，好吗？”

（苏小小）

积压的爱

听完，女人已泣不成声，她“哇”的一声如同孩子般扑进前夫的怀里。这次，她听从了前夫的话，决定从头开始。

女人失业了。

丈夫说：“你就在家待着吧，爱干什么干什么，想上哪儿上哪儿，赚钱的事你就不用操心了。”

女人知道，就算不失业，那200块钱的工资也只够自己买一件衣服或一瓶香水。家里的开销，全是靠丈夫的收入。有丈夫的收入，她工作不工作对家里没多大影响。但女人就是待不住，想重新去找份工作帮人家打工，苦一点儿累一点儿倒无所谓，就是受不了那份气。于是和丈夫商量，想自己开一个服装店来经营。丈夫二话没说，径直奔银行把毕生积蓄取了出来，帮她在繁华路段租了个店面。一经装修好，生意便开张了。

刚开始，亲戚朋友远近熟人都来捧场，还真热闹了一阵子。等这些人一走，店门前便显得门庭冷落了。没了生意可做，天天又有那么多开销，这点本钱能亏多久呢？女人着急了，开始茶饭不思，夜不成眠。

丈夫知道，妻子第一批货没进对路。这样继续下去，肯定弄得新货不敢进，旧货又出不了门，耽误商机，延误时间，到时想挽救也挽救不了了。于是，他向一要好的朋友借了一笔数目不小的款。托他想办法收购妻子店里所有滞销的服装，并再三嘱咐他，千万别把这件事告诉他妻子，以免增加她的心理压力。

店里的货一卖出去，女人就用这笔钱进了一批新款服饰。这一次，她把握得相当准确，所有品种全部脱销。

渐渐地，女人的服装生意蒸蒸日上。不久，便着手开起了分店。几年后，她经营的服装店开到了城市的各个角落，女人成了一位名副其实的富婆。

女人有了钱后，对爱情和婚姻的看法就发生了变化。如果说丈夫以前在她眼里是支柱、是救世主，那么，现在丈夫不过是“可怜虫”是个没用的脓包。她开始在意丈夫没能力让自己生儿育女，在意他生活死板，缺少情趣，在意他在机关混了十几年仍是个让人呼来唤去的科员……她想到了离婚。女人提出离婚时，丈夫竟没半句怨言便哆哆嗦嗦地在离婚协议书上签了字。

女人开始深信不疑，自己这一切完全是金钱所赐，是金钱帮她改变了附属的命运。

不幸的是，女人和丈夫离婚还不到半年，正当她美滋滋梦想着再一次做新娘时，她的情人便卷走了她所有进货款带着她手下一个年轻漂亮的女会计逃跑了。丢失了货款，断了货源，服装店生意再也无法运转。不久，女人的店纷纷关门停业。辛辛苦苦创下的基业，顷刻间化为乌有。

女人想到了死。在死之前，她想见前夫最后一面。前夫仍像以前一样，还是一个科员，仍然拿着每月千余元的薪水。他看见前妻，眼中仍平静如水，没有恼怒没有怨恨。说话时语调还是那样和蔼可亲，不急不躁。

"你还记得你第一次进的货吗？"

"我永远也忘不了。"女人说。

"它现在还压在我朋友的货仓里。"

女人眼睛瞪得像电灯泡似的，一脸都是惊讶。

"我那些衣服是你——托人——买了？！"

男人点点头，继续说："现在你可以想办法把它处理掉，卖出来的钱不会有很多，但也许能帮你从头开始。"

听完，女人已泣不成声，她"哇"的一声如孩子般扑进前夫的怀里。这次，她听从了前夫的话，决定从头开始。

那几年，在路上我常会碰到一位推三轮车的中年妇女走街串巷推销她的积压货。当她重整旗鼓，把服装分店再一次开到城市的各个角落，已是十年以后的事了。这时，女人老了，她的前夫也已病逝。但他的名字却家喻户晓，广为流传。

因为在女人开的每家分店的门楣上，都醒目地刻着这个男人的名字。

（吴志强）

爱你的“邻人”

婚姻很像旅行，在它还没开始的时候，你满怀希望期待着它；等到它已经结束时，你会在记忆里怀念它。

旅行其实是一件很劳累的事，飞机不如想象中神秘，景色也不如想象中美丽，游到一半，心中就有了一种钱袋被掏空的悔意。旅行之前，已经和朋友们广而告之，所以每到一处，不仅要吃好玩好，还要买些能证明本人“到此一游”的纪念品，回来送给各路“神仙”。我的大旅行包便日复一日地加重，到北京时，它已经压得我有些伸不直腰了。幸好有朋友来接我，我们两个抬着它上了出租车。

朋友帮我买了第二天返程的机票，又带我出去吃饭，介绍我认识了一些新朋友。第二天去机场前，我想应该送给朋友一份礼物。打开包，一边翻一边想，眼光便落在一块石头上。这是我在黄山买的，是一块形状像“山”形的盆景石，当时我一看到就决定买来送给我家先生。平日里他没事就喜欢舞文弄石，在那些不知从哪儿收集来的奇形怪状的石头上写写画画，种树养草，我想这对他应该是一份绝好的礼物，一定会换回他多多下厨房。但是买下来后我又有些后悔，因为它太沉了，足足有10斤。我坚持着背着它几乎走完了剩下的旅程，北京是最后一站，明天我就要结束这次万里之行，回到滨城自己的小家。我犹豫了一会儿，把石头拿出来又放进去，折腾了几次，最后还是把它拿出来，放在桌上。等朋友来了，我便把这块石头作为离别礼物送给了他，他很喜欢。

一小时后，飞机降落在滨城机场，我背着包往外走，一眼就看见我的先生探着头往里张望。他伸手接过我的包，我们回到我们的家。他下厨做饭，我洗漱歇息，然后打开包，把一路上买来的各式各样的礼物堆了一地，先生进来了，我抱歉地说："东西太多我拿不动，没给你带礼物。"

先生大度地说："老夫老妻了，又不是外人，送什么礼物！"

我看看他，忍不住多说了一句："其实我还真给你买了一份礼物，一块很好看的石头，可惜太沉了，在北京让我送给朋友了。"

先生看着我，不高兴了："既然已经拿到了北京，也就一小时的工夫，为什么还要送给别人？"

"因为我忘了给他买礼物。"

"这一大包的东西，送什么不行，偏要把我的那份送人！"

"谁让你的那份那么沉了？那块破石头又大又重，把我的包都快磨破了。"我也有些不高兴了。

"破石头怎么了？我就喜欢破石头！我不能因为要保护你的包就去喜欢棉花吧！"

"那你就和你那堆破石头过好了！"我气呼呼地转身走开，扔给他一个背影。

晚上，我独自睡在女儿的小屋，不理他。

第二天，我背着那一大包的礼物，东奔西走，楼上楼下，送给表哥、小妹、同学、朋友、同事、邻居，劳累了一天，回到家里，疲倦地睡着了。

第三天，一阵电话铃声把我从睡梦中惊醒，我拿起话筒："喂，哪位？”

短暂的停顿，然后是一个有点儿熟悉又有点儿陌生的声音：“是我，你邻居。你知不知道我那条红灰相间的条纹领带放在哪儿了？”

我吓了一跳，赶紧起身，跑到对面的屋子，推开门，在一屋子的烟雾中，我看见懒洋洋的他斜靠在床头，拿着手机还要说什么。我瞪了他一眼，转身回屋，满屋子地给他找领带。过了一会儿，听见他起床的声音，他把卫生间的水弄得哗哗响，把自己装饰一新，精神焕发地走出来：“今晚我要出差，去云南，你喜欢什么，我买给你。”

我没理他，继续找领带，终于在床柜的顶层找到了他要的领带。我把领带给他，他接过去：“说吧，说你喜欢什么，就是大理石，我也给你背回来。”

我看着他，吐出两个字：“棉花！”

他先是愣了愣，然后有些不好意思地笑了。走过来，给了我一个拥抱。

我依偎在他的怀里，有点儿伤感有些内疚——婚姻很像旅行，在它还没开始的时候，你满怀希望期待着它，等到它已经结束时，你会在记忆中怀念它。你常常想下一次旅程中会遇到一个什么样的人，也常常思念上一次旅程中偶然遇到的一个陌生伴侣，但却常常忘记你身边那个离你最近的人，他满怀期待，等着你关怀。

（林夕）

听到幸福在歌唱

那天回家后，他特意把三副铃铛挂在了车上。此后，每当他离开家行走在路上时，铃铛总会响起，叮叮当，叮叮当，他说这是世上最美的音乐。

他为一个新项目连续几天在电脑前工作，终于完成后，他长舒一口气从电脑前站起来，却突然眼前一黑，什么也看不见了。医生诊断后说，他是因用眼过度，眼睛暂时性失明，只要好好治疗休养，不久就会恢复的。

突然陷入黑暗中的他，因为恐惧变得焦躁不安，一会儿狂躁地大叫，一会儿又暗自伤心地长吁短叹。妻子却一副安之若素的模样。她轻声细语地安慰他说："医生不是说了好好休养就会很快恢复吗，你着急不但没用，对眼睛也没好处。不用再打卡上班，也不用开会出差，更不用熬夜，不如放松心情把这次生病当作一次休假，也好好在家陪陪我吧。"妻子说得倒是轻松，可陷入黑暗中的他却总也无力抵挡突如其来的恐惧，尤其是当家里安静下来时，他更是感觉到空虚与无助。妻子似乎明白他的心思，很快买来三副铃铛，一副放在他的枕边，说他若有事时就摇摇铃铛，她听到了就会马上过来，只要她和女儿在家，她们的手腕就各挂一副铃铛，这样，无论她们在哪个角落，在干什么，他一听就知道了。

自此家里到处都响着铃铛声，家与妻子、女儿的形象重新在他眼前鲜活生动起来，他再也不觉得周围是无边无际的空荡了。他自己的那副铃铛很少用，因为妻子替他把一切都想得很周到。他专注地听着那两副铃铛的响声。刚开始，他只觉得铃声乱成一团，后来他慢慢辨得出哪是女儿的铃声哪是妻子的铃声了。女儿的铃声永远急促而清脆，尤其是她放学进门后，她总是从门口的鞋柜上取下铃铛，套在手上，摇得叮当乱响，一路飞跑到他床前，不管不顾地趴到他身上叫："爸爸，今天老师新教了一首英语儿歌，我唱给你听。"然后又跳下床，边跳边唱。清脆的铃声和稚气的歌声，灌满了一屋。他一边听，一边想象女儿的每一个表情每一个动作，脸上不由得绽出了笑容。女儿一唱完，便又趴在他身上，为他读新教的课文，讲课堂上的趣事，一字一句地读妈妈给她买的课外书，和他探讨安徒生老爷爷是不是也有不对的地方，比如灰姑娘所有的东西在12点钟声响起时都变回了原样，可那只水晶鞋为什么没变回去……他一边近乎贪婪地倾听着女儿的声音，一边惊奇地发现，自己已经很长时间没和女儿这么亲近过了，女儿也不再是他印象中的小孩，她对人对事都有了自己的看法。女儿是什么时候长大的呢？他不知道。以前他只关心自己的事业，却几乎错过了女儿的成长！

妻子的铃声则舒缓而沉稳，让他想起在他常常晚归的夜里，她总是迎上来轻声问："吃饭了吗？我给你留了银耳汤……"而且只要她在家，这沉稳的铃声就是一条奔腾不息的小溪，不急不缓没有停息的时候：洗菜、做饭、擦桌子、扫地，隔一会儿就来和他说一会儿话。她仿佛不知疲倦，手里总是在忙着什么。他以前一下班总是瘫在沙发上一动不动，总叫着累死了累死了。妻子也和他一样上班下班，回到家却仍在忙个不停，她其实也一样累呀。但他何尝体贴过她呢？

女儿上学，妻子有事外出时，就放个小收音机在他枕边，说可以听听歌听听新闻。可他宁愿发呆听窗外的汽车轰鸣，也不愿打开收音机。他喜欢的是电脑，收音机在他眼里简直是低端产品，而印象中听收音机的人不是老年人就是寂寞的出租车司机。妻子说："你忘了？我们读大学的时候可是最喜欢听收音机的，特别是听点歌台里的歌曲。记得我过 20 岁生日时，你说你要送一份特别的礼物给我。过生日那天，我等着你来送礼物，却半天不见你的影子，快到中午时才接到你的电话，叫我别忘了听正午的点歌台节目。那天我打开收音机不久，就听到了主持人提到了我的名字，说一个爱我的男孩为我点了一首《月亮代表我的心》，祝我生日快乐。当收音机里响起这首歌时，我简直幸福得说不出话，同宿舍的女生都羡慕我羡慕得要死。后来你告诉我，为了让我在生日这天听到这首歌，你提前一个月写信给电台的主持人，又怕主持人收不到，还专门跑了趟广播电台。那是我这辈子收到的最宝贵的生日礼物。"妻子的声音里有幸福也有一丝怅惘。

"我有那么浪漫吗？"要不是妻子提醒，他自己都记不得这件事了。

"当然，只是结婚后就越来越不浪漫了。"妻子笑着，口气里并没有埋怨。

"其实我也想浪漫也想让你幸福啊。我一直想等以后有机会一定带你去度假，住大酒店，吃海鲜……"说到这儿他心一沉，叹了一口气，"看来，这个愿望太不现实了。"

妻子仿佛没听到他的叹息，说："你以为只有度假才叫浪漫？其实能天天和你一起吃晚饭，然后再和你说说话，我就觉得挺浪漫了。

有首歌里唱：我能想到的最浪漫的事，就是和你一起慢慢变老，一路上收集点点滴滴的欢笑，留到以后坐着摇椅慢慢聊……这才是真浪漫，大幸福。”

这首歌他也听过，因为妻子平常爱哼哼，可只有在此时，在他只能用耳朵来感受这个世界时，他才真正明白了这首歌里所歌颂的最朴实、最踏实的幸福。

躺在床上，他对自己的生活有了重新的思索，也更加迫切地希望自己的眼睛能好起来。

八个月后，他的眼睛真的好了！

为庆祝他康复，全家人外出吃了一顿饭。霓虹闪烁的街灯，川流不息的人群，这些以前觉得再平常不过的景物，此时在他眼里都变得格外美丽。吃饭时他一心为女儿和妻子夹菜，专注地看着她们吃，心里有说不出的喜悦。

女儿说：“爸爸，我既想你眼睛好又不想你眼睛好。”妻子瞪了女儿一眼，呵斥道：“怎么这么说话！”女儿不理妈妈，继续看着爸爸说：“爸爸的眼睛刚出事那两天，我专门把眼睛闭上在家里走了一圈，觉得失明真是太难受了。想到爸爸难受，我也难受，我就希望爸爸眼睛快点儿好。再说，爸爸眼睛不好，妈妈老是一个人偷偷地哭，眼睛都哭肿了……”他吃惊地看着妻子，妻子的眼圈红了：“那些日子我其实很害怕，因为医生对我说，像你这种情况有很快恢复视力的，也有好几年过去仍是老样子的。我真怕你是后一种情况啊……”他的眼圈也红了，紧紧搂住妻子的肩膀说不出话。可以想象，那些日子里，妻子承受了多大的压力啊。女儿又说：“我又怕你眼睛好了，再也不认真听我读课文唱歌了，你又会很晚才回来，我老见不着你。”他一手搂住女儿，一手搂住妻子，声音有些哽咽了：“不会的，爸爸从此一定会好好听你唱歌，好好陪妈妈说话……”

那天回家后，他特意将三副铃铛挂在了车上。此后，每当他离开家行走在路上时，铃铛总会响起，叮叮当，叮叮当，他说这是世上最美的音乐，他听到了女儿和妻子的叮咛，听到了幸福在歌唱……

（凡娘）

恋爱的台阶

在10月的落日余晖中，他们沿着香榭丽舍大街，朝相反的方向走去……

他叫她斯坦，她叫他奥利。

他们相遇在一个鸡尾酒会上。那年他32岁，她25岁。

他们俩在拥挤的人群中飘然前行，没有可停留与回避的地方，他们面对面地相互躲让了几次，然后都笑了起来。他冲动地抓住自己的领带，在她面前捻弄。她马上忍不住大笑起来了，同时举手把脑顶的头发推成难看的流苏状，眨着眼睛，好像被击中一般。

“斯坦。”他大声叫道，认了出来。

“奥利，”她喊道，“你去哪儿了？”

他们相互握住了对方的手，笑着。

“我知道一个地方，离这儿不到两英里。”她神采飞扬地说。

“那我们就去那儿吧！”他叫道。

他在她指定的地点刹住车。“我简直不能相信。”他自语道，“这就是那些台阶吗？”

“一共131级。”她走下车来，“来，奥利。”

他们向上凝视着倾斜而陡峭的混凝土台阶。她的声音极为平静。“往上走。”她说，“往上走。”

他拾级而上，数着算着，每一次近乎耳语的计算，都使他的声音里多一份快乐。走到57级时，他已忘记了时间。他真想永远站在那里。

自从有了那台阶上的黄昏时刻，他们的生活中就充满了所有的人在美好爱情开始时都有的那种追逐嬉戏和愉快的欢笑。他们只是为接吻而停止欢笑，为欢笑而停止接吻。那一年，他们至少每月登一次那些台阶，登到中途时来一顿带香槟的野餐。奇妙的他们发现了一件似乎难以置信的事情。

“问题在我们的嘴上。”她说，“我遇见你之前从不知道自己有一张嘴。你的嘴是世界上最奇妙的，这使我也觉得自己的也奇妙了。在吻我之前你吻过别人吗？”

“从来没有！”

“我也没有。我们竟是在那么一段漫长而‘没有嘴’的日子里生活。”

“亲爱的嘴，”她说，“别再说话，吻吧！”

但在那一年年底，他们发现了一件更难以置信的事：他在广告公司被安置在一个固定位子上，她在旅游局马上要出国。他们为以前都从未思量过此事而震惊。一个夜晚，他们坐在台阶上。她惨淡地说：“再见。”

“什么？”他问。

“我觉得离我们再见的日子近了。”

他望着她的脸。“斯坦，你说过永远不会离开我。”斯坦很动情地跪了下来。“奥利，请把手给我，和我结婚吧！跟我去法国，我挣钱供你写出美国最伟大的小说。你只需带上手提打字机，一堆纸，还有我。说话呀，奥利，跟我走吧！”

“但，但……”他讷讷地说，“看着我们去‘地狱’待一年，然后永远把我们埋葬吗？”

“你就那么害怕，奥利？难道你不相信我，不相信你自己吗？听着，这是我头一次也是唯一一次求婚，奥利。我可以给你一分钟的时间去做决定，我的膝盖已经跪疼了。”

“快从地上站起来。”他无力地说，很窘迫。

“如果我这么做，那就是在离开这儿的时候。”她说。

“斯坦！”他吼叫。她站了起来，双颊上挂满泪花。“现在，我得离开了，我们与众不同。我觉得我们的爱不会再来了。”她说，“我走了，但每年我都会来这里，和我们初来的那个夜晚同时同刻。如果你来这儿，我会‘绑架’你的，要么就是你‘绑架’我。”

连续三年，他每年 10 月 14 日都会回到台阶那里，但她不在。然后，他有两年忘了去，但第六年，他想起来了，在落日余晖中走去，并拾级而上，因为他看见台阶上有东西。那是一瓶很高级的香槟，系着黄丝带，上面还有一张纸，写着：“奥利，亲爱的奥利，这日子依旧没忘，只是在巴黎，嘴已不再是先前的那一张，我愉快地结婚了。爱你的斯坦。”

从此以后，他再也没有回去重游故地。

15 年后他去巴黎旅游。一天下午当他正与妻子和两个女儿在落日中漫步香榭丽舍大街时，他看见一个美丽的女人从大街另一头走来，陪着她的是一个非常庄重严肃的老头，还有一个漂亮的黑发男孩。他们擦肩而过，同样一缕笑意一瞬间浮现在两人的脸上。

他向她捻弄领结，她冲他把头发弄乱。

他们继续向前走，回头望去，那女人也同时转过身。也许他听见了她嘴里默念的那句话："再见了，奥利。"他也许没有听见，但只觉得自己的嘴在动，"再见了，斯坦。"

在 10 月的落日余晖中，他们沿着香榭丽舍大街，朝相反的方向走去。

（布拉德雷）

最后的玫瑰

新婚之夜。新娘问他，你怎么会看上我的呢？他说，他是在买了她很多玫瑰后才发现，她是他最后的玫瑰。

在这条小街上，开着一家花店。店主是个中年妇女，雇了一个十七八岁的姑娘帮忙。小姑娘一看便知是个外乡人。小姑娘很勤勉，守在店里，终日站着或蹲着，不是忙着出售花便是帮着扎花篮。

小店虽地处僻静，但生意还算不错。顾客主要是附近那所大学的学生。情人节、教师节、圣诞节、聚会、派对、生日、约会等都需要花。女孩子常常是三五个搭伴儿来，买的时候，左挑右挑，叽叽喳喳很热闹。男孩子往往是一个一个单独来买，看准了买，付了钱就走。

有一个大学生引起了姑娘的注意。他总是在周末来到店前，摸出准备好的零钱，随手从玻璃缸里抽出一枝玫瑰，他的口音听起来也不是本地人。小伙子瘦瘦的，穿着过时的球鞋，苍白的脸色，有点儿营养不良的样子。

可是，有好几个周末，小伙子突然不来了。姑娘忽然有一点儿思念他。姑娘想，小伙子买了花一定是送给喜欢的姑娘的。他一定是在恋爱了，现在也许女孩不和他好了，分手了，他也不需要再送花了。姑娘有点儿为他难受，又有一点儿为他高兴。乡下人出来读书不容易，把几个钱都买了无用的花，真不该啊，现在总算好了。

但没多久，男孩又出现在花店前，又开始了每周一枝玫瑰的买卖。持续了几个月，小伙子又不来了。姑娘想，如果下次他再来，她要劝劝他，好好读书，不要再把钱乱花掉。

姑娘空闲下来，常常瞅着那所大学的方向。终于有一次，他们在一家书店里碰到了。姑娘是去买一本教插花的书。小伙子正拿着一套书，和店里商量，因为钱不够，他想用一沓菜票做抵押，等回去拿了钱来赎还，他怕这最后的一套书被人买走了。姑娘走了过去，替他付了钱。就这样两个人开始了交谈。谈谈城市，谈谈乡下，谈谈书，谈谈花，两人谈得很快乐。

第二天，小伙子来还钱，又从花堆里取出一枝红玫瑰付了钱。姑娘把钱退到他手里说道:“还是别买了吧？啊？”姑娘的声音里似有一种不满，又有一种恳求。想不到，小伙子把玫瑰送到姑娘面前说，这枝花，我是送你的。姑娘读懂了小伙子眼睛里的话，红了脸庞又红了眼圈，然后把这枝玫瑰单独地插在一只花瓶里。

小伙子走后，姑娘想了好久，想了许多，哭了又笑，笑了又哭。

第二天一早终于把那枝花又插到大玻璃缸里。小伙子来了望着那只空花瓶，问她："那枝花呢？"姑娘淡淡地说："卖了。花又不能当饭吃。"姑娘想只有这样才能断了他的心思。她知道她配不起大学生，也知道书呆子气的大学生不大会挣钱。小伙子瞅着她，看了好一会儿。看出了姑娘眼眶里蓄着泪，默默地走了，再也没有来过。

又一年的一个春天里，小伙子来了，脸色红润多了。他邀姑娘出来，走到另一家花店前。然后他从口袋里掏出钥匙，对姑娘说，这店是我的，我想请你做老板娘。

梦一样的声音，使姑娘一句话也说不出就湿了眼睛。小伙子告诉姑娘，他大学已经毕业，有了一份工作。半年里，每月的工资，每天晚上打工的钱，凑在一起，租了这家店，开了花店。他说，只有这样，他的梦想才能实现。他的梦想，只是想找一个肯吃苦肯学习又有爱心的好妹子做新娘。新婚之夜，新娘问他，你怎么会看上我的呢？他说，他是在买了她很多玫瑰后才发现，她是他最后的玫瑰。姑娘拥住了他。他把嘴唇附在她耳畔，轻轻说道，我们会好的。

（徐慧芬）

平凡人的伟大爱情

世界上最伟大的爱情就在我们身边！

这是一段催我泪下的真实故事，一个平凡的男孩，一个不幸的女孩，却谱写了一段伟大的爱情。

面对残缺的生命之树，男孩儿像厚实的土地一样，一心一意地用爱用青春包容扶持着树，不弃不离。在这个充满诱惑的花花世界，面对这样的平凡、真实却震撼人心的爱情，我以为，我们所有的人的确要反省自己的爱情观和生命观。

如果不是一场灾难的突然降临，他们的故事会因为他们的平凡而渺小得像一滴水，混迹在而今已太多太多真实抑或杜撰的爱情故事的汪洋中，激不起一点波澜。

她和他从小就是好朋友。小时候，他们生活在河北的一个小村落里。多年以后，我看了她小时候的照片，才相信，那时的她真的是一个可爱的女孩，最吸引人的是洁白的脸上那一对黑葡萄一样水灵灵的大眼睛，从小学到初中，他们俩一直是同班同学，非常要好。

初中毕业后，她似乎理所当然地出落成了十里八村无人不知无人不晓的一朵水嫩嫩的花；而他呢，也不再是那个只会擦着鼻涕的男孩儿了，一米八几的个儿，清秀的外表，虽称不上玉树临风，但也绝对算得上是一表人才了，朴素的衣着也难掩他们青春的秀美与风华。这时，他们却双双因为家境贫寒，没有继续高中的学业，辍学在家，两年后，两家老人托媒人为他们定下了这门亲事。

订婚之后不久，他们便随村里年长一些的年轻人去了北京打工。初到北京，大都市的繁华给了这对年轻恋人太多的梦想，每一个梦想都与他们共同的情怀演绎着的共同的未来有关。他们渴望在这里能够通过他们勤劳的双手用美丽的青春搏一搏，赌一个即使不够灿烂但至少幸福的未来。

静静品尝爱情的琼汁，用心打造美好明天的他们，绝没想到一场突如其来的不幸正悄悄地逼近了他们如锦的青春：

那段日子，她总是感到头晕恶心，浑身乏力咽寝难安，便以为是感冒了，经济紧张怕花钱，更怕他担心，便一个人默默地去药店买来许多治感冒的药胡乱地吃了下去。但却久不见好。脸上渐渐地出现了许多大大小小的黑斑，他察觉了，坚持带她去医院检查，医生说是皮肤病，不碍事，给开了一堆药回去吃，脸上的斑却像雨后的春笋般越来越多，面积也越来越大，曾经透亮的肌肤而今却仿佛生了锈的铁一样让熟识的人看了无不心痛。那段日子，她几乎不敢照镜子，照了便想哭。她甚至不敢抬头走路，她害怕人们同情甚至好奇的目光。他们终于对医院的诊断产生了怀疑，不得不去了更大的医院检查，医生严肃的面孔，繁芜复杂的检查，度日如年的等待，似乎都在暗示着一个不幸的结果。

医院的诊断结果果然无异于一个晴天霹雳，只在一瞬间就击碎了他们所有的梦想。她患上了一种不治的血液病，这种病以目前的医学水平无法治愈，只能尽可能地控制，那一天，她感觉自己宛若一只被箭穿膛而过的白鸟，在无垠澄蓝的天空里，随着碎裂的胸膛，空中的道路已从此中断。

她哭她闹她吼他，要他滚，要他别再为她这个废人耽误自己大好的青春和前程，这时，他滴血流泪的心却笃定了，男儿有泪不轻弹，然而看着曾经如花似玉的恋人，被病魔折磨成了如今这般模样，知道结果的那晚，他的眼泪也是止不住地往下流，流了一夜，而白日里却将微笑刻在了脸上。此后，他就那么日日地对她微笑着，捡起她发脾气扔了一地的药，倒来一杯又一杯被她泼了的水，只说，我想一生一世照顾你，再苦再难也有我和你一起面对，你答应我好吗？她终于扑在他的怀里绝望地号啕大哭一场之后，抬起头拖着越来越沉重的双腿微笑着面对每一个过往的熟悉或陌生的面孔。

贫寒的家庭遭遇她这样的病，更是雪上加霜。他的父母听说了，意图通过媒人要和她家退婚。他却坚定地说，退也罢，不退也罢，我都不会离开她的，过去不会，现在就更不会，将来当然也不会。

为了看病，他们花光了所有的积蓄，举债累累；为了看病，她仍不得不拖着一日重似一日的病体坚持上班；为了看病，他几年来穿的仍是初到北京时买的那身粗糙的衣服，却忘不了，每年她过生日时都会为她添一件可能廉价却让她不禁泪水涟涟的新衣服。

几年就这么过去了，由于药物中激素的作用，她浑身浮肿漆黑，一张曾经那样秀美的脸，黑得竟像刷了一层漆，一个曾经那样窈窕的女孩臃肿得几乎不堪，病情却没有丝毫的好转。他依然如故地陪在她身边，微笑着，鼓励着她，照顾着她，心疼着她。她常常会有强烈的负罪感，时不时地，她就会对他说，你离开我吧，这是我的命，就让我一个人来承受吧，我不能再拖累你了。他却总是同一个回答，你的命就是我的命，再苦再难，让我和你一起微笑着承担。

命运对他们确实是不公平的，如果说，这是上天有意要考验他们的爱情，我仍不得不说，这考验未免太残酷了些。

她生活早已不能自理，这许多年，她的每一件衣服都是他洗，每一顿饭都是他端到桌前，渐渐地她连走路都困难起来，连上厕所也必须他搀扶着。再去医院复查时，另一颗不期的雷炸响在他们头顶：由于常年服药，激素吸收了过多的钙质，引发了世界公认的恶疾——股骨头坏死。

她昏厥了，想到了死。醒来之后，黑漆漆的浮肿的手，紧紧地被他握在手里。这么多年没在她面前流过一滴泪的男孩，这时，却无声地哭泣着，你总算醒过来了，你怎么这么傻？为了我，你也必须坚强。因为，这一生，我只想和你在一起。我做这一切是因为我爱你，这不是说割舍就能割舍的同情或是怜悯。你怎么就不明白呢？

死过一次的她说她不会再自己选择死了，她要和他一起笑看命运。于是风里雨里，朝九晚五，人们在北京那条繁华的街道上，总能见到一个帅气的男孩骑着一辆破单车，驮着一个丑陋的女孩子说着笑着，仿佛生活在他们面前竟如同花团锦簇。

这般帅气的男孩日日搀扶着这样一个丑陋且残疾的女孩出出进进，自然会吸引太多异样的目光。她不禁问他，

你会觉得难为情吗？

他淡淡地笑过，为什么要难为情？

我丑。

不，在我心里，你一直都是最美的，你的眼睛还是那么大那么亮。

年底，公司联欢会上，走过七十载春华秋实，看尽人间悲欢离合的经理泪水盈盈感慨万千地说，患难见真情，世界上最伟大的爱情就在我们身边，他们的爱情值得我们在座的每一个人思考和学习！

第二辑

缘分天空的两端

永远的承诺

往事就是一段回忆，也是一段凄美的故事，故事的主人公是自己，故事的结局是注定的，不会因为人为的原因而有所改变！

为什么不说“美好”而说是“凄美”呢？

因为人是有同情心的。就如同读爱情小说，如果是“从此以后，王子和公主在一起过着幸福的生活”这种美好的大团圆的结局，那么我们也许很快就会忘记这个故事。而如果是一个凄惨的悲剧结局，那么也许在午夜梦回时，就会不经意地想起这个故事，会想那个王子和公主现在是否有缘再在一起呢？

我和他之间就有一段凄美的故事！那时的我太年少，我现在常告诉身边正在恋爱的朋友，千万不要让对方给你永远的承诺，因为那也许是要用生命去换取的。

认识他是在进大学的第一天。我一个人拎着行李箱，向从身边走过的他问路，他很热心地把我送到寝室。从此他常来找我出去玩儿，他比我高两届，就像大哥哥一样地照顾我。很自然地我们就走到了一起。后来他说那天他看见我的第一眼就有一种感觉，我们之间会有一段故事。我吸引他不是因为我的美丽，而是因为我的独立，要知道别的新生都是在父母的陪同下一起来的，只有我是一个人。

我只有笑笑。是的，我是独立的，因为我从小就习惯了独立的生活。我没有告诉他原因，因为我不需要他的同情！我的父母在我十岁那年就离婚了，我跟着妈妈相依为命。我长得像爸爸，他是一个很帅气的男人，他自己做老板，一个有钱又帅气的男人是很容易受女孩子注意的，所以在我十岁那年，爸爸和一个比他小十岁的女孩结婚了。小时候妈妈经常抱着我，给我讲她和爸爸的爱情：他们从小一起长大，有一天爸爸就跑到妈妈家给她一封信，信上只有一句话："我爱你，直到永远！"在那个时代懂得写这种情书也算是浪漫的了，于是他们就结婚了，那封信就是爸爸对妈妈永远的承诺，至今妈妈还保存着那封信，可是爸爸并没有信守诺言，在十年后抛弃了妈妈。他经常回来看我，给我买一切我想要的，可是却不能和我生活在一起，我爱他又恨他，别的同学回到家都能看到父母的笑脸，而我却只能面对妈妈那双忧郁的眼睛。特殊的家庭情况使我学会了独立，我也不相信世上有永远的承诺，只信得过自己。

大学的生活很美好。我们的爱情也一帆风顺。他家就在本市，我去过几次，是标准的幸福之家，看得出来他父母感情很好，他们也很喜欢我，但每当他们问到我的爸爸时我就总是借故走开。他属于那种长不大的大男孩，好玩好动，每天无忧无虑，他说他要用他的快乐赶走我的忧郁，虽然他从不知道使我不快乐的原因，但他说他既然爱我就有责任使我快乐。他不是那种每天把爱挂在嘴上的人，但是我却可以感受到他的爱。虽然我们不是属于同一类型的人，他外向我内向，但我们的性格却可以互补，在别人眼里好像是我比较成熟，而实际上却是他在处处照顾我。

一转眼他毕业了，分配在银行工作，就在他发第一个月工资的那天，他把我约出来，拿出一个小盒子，我知道那里面装着他对我的承诺，他说："我爱你，直到永远！等你一毕业我们就结婚好吗？"

刹那间我有一丝感动，我可以感受到他那强烈的爱，有人说过：“要证明你是如何爱那个女人，那么最好的证明就是给她一个婚姻的承诺。”但感动过后，我又觉得很可笑，是不是男人在求爱时都会用“永远”这个词呢？永远？有多长多远？会是一生一世吗？这个承诺会延续到什么时候？真的有地老天荒吗？也许只是在爱着这个女人的时候吧，然后在多年以后，在不再爱她时，就会忘记自己曾经许下的诺言。

我笑着给他讲了一直埋在我心底的爸爸妈妈的故事，然后我说：“不要对我说什么‘永远’这种空头承诺。在这一刻我相信你的真情，我相信你是爱我的。但你真的能够爱我一生一世、直到永远吗？不要为了取悦我就许下这种诺言，也许别的女孩听了这种会相信，但对我来说，只能是感动，我不会相信世上有‘永远’这种承诺。”

也许是因为我父母的故事，也许是因为我的那番话，他用一种很复杂的表情看着我。好久好久以后他轻轻地把我搂到怀里，温柔地摸着我的头发说：“相信我，让我们相伴走一生，让我证明给你看，我许下的是一生一世的承诺！直到生命的尽头。”掩上他的嘴，我泪流满面。我已经很久没痛痛快快地哭了，有十多年了吧，因为我知道生活不需要眼泪，当年妈妈那样哭着求爸爸不要扔下我们母女俩，爸爸还是那样的义无反顾，从那时起我就明白眼泪是帮不了我的，也就是从那时起我从不流泪。

我躺在他的怀里大哭，好像要把这些年压在心头的眼泪一次挥洒干。我们的感情又更近了一层，多了一种亲人间的关怀。但我对于他的承诺还是半信半疑，他也明白，也不强求我完全相信他，因为他知道从小种下的阴影不是几句话就可以抹掉的，他总是说要用实际行动来证明。

有爱情的滋润，时间过得飞快。经过他的四处走动，我终于被分配在了本市的一家信用社，单位分了一间宿舍给我。我们开始筹备结婚。在婚期将至时，我突然又害怕起婚姻来，我不见他，我要求取消婚约，我知道我在无理取闹，但我真的好害怕，我不想步妈妈的后尘，因为我发现我真正地爱上他了，他的温柔他的体贴，使我不敢想象如果有一天失去他我会变成什么样。

以前都是他在全心全意地爱我，一直都是他付出的感情比我多，我不是没有付出只是我比较理智地在爱，可现在不同，他用实际行动证明了他的爱同时也感动了我，让我在不知不觉间已深深地爱上了他，所以我怕，我怕爱得越深伤得越重，妈妈如果不是太爱爸爸也不会那样痛苦。找一个你爱的人轰轰烈烈地恋爱，嫁一个爱你的人平平淡淡过一生，我当时是走进这样一个误区却无法自拔。

他了解我的心态，在电话里一遍遍地重复着“我爱你，直到永远”，我总是说“给我时间让我考虑清楚”。就在原定结婚日期的头一天，他打来电话说：“无论如何让我见你一面。”我不肯见他，我怕见了他我的理智就没了，他只说等我，我马上就放下了电话。

放下电话我的心开始发慌，他的承诺在我耳边回响：“我爱你，直到永远，直到生命的尽头。”越想越慌，第六感觉好像预感到要出事。等了仿佛有一个世纪那么长，还是不见他的人，突然一阵刺耳的电话声打破沉寂，我快速拿起话筒，是他妈妈打来的，说他在路上发生了车祸正在医院抢救。

我有一刻钟的窒息，大脑不能工作，一时好像没明白到底发生了什么事，然后惊觉飞奔出门。赶到医院时他正在急救室抢救，他骑摩托车迎面撞上了一辆吉普车，脑部受到重创，手术进行了整整7小时，我如同机器人般木木地站着。我在乞求上帝，不要带走他，我明天就要和他举行婚礼了。也许是听到了我的乞求，医生终于把他从死神手里暂时抢救了回来，大夫说要观察一晚，能度过危险期就没事了，否则……

我守在他的床前，握着他的手，他的手好像动了一下，眼睛轻轻地眨了眨，我忙喊他的父母："快看，快看，他醒了，他醒了！"他妈妈忙跑去找医生。大概是听到了我的声音，他的眼睛睁开了一下又闭上了，嘴动了动，我忙凑到他面前听他说什么，我听到了令我终生难忘的话："相信我，爱你到永远。"虽然声音很微弱，但我听得清清楚楚，我用力地点点头，虽然他看不到，他永远都看不到了。

经过一阵急救，医生宣告他的生命终止了，我不信，我一遍遍重复地说："你再救救他，他刚才和我说话了，我听到了，我听得清清楚楚。"医生看看我，十分同情地对我说那只是你的幻觉。他爸爸走过来，拍着我的背说："我相信你，他是那样的爱你。"

我得了自闭症，关在房里整整一年没出屋。每天对着他出事那天穿的染成了紫色的黄毛衣，回忆与他在一起的点点滴滴，回忆他说过的话，我爱你直到永远。妈妈搬来照顾我，我流泪她也跟着流泪，说都是她害的我，说不该让我知道她和爸爸的事造成我心理上的阴影，造成今天的后果。为了妈妈，我慢慢走出悲伤重新开始生活，但我永远也不会原谅自己的任性。

我告诉正在恋爱的朋友，不要强求对方给你永远的承诺，他爱你他会说，要相信你的爱人，他真的爱你就会爱你到永远。

把生命送进狮口

凶残可以夺走生命，却夺不走永恒不变的一个字：那就是“爱”。

他和妻子驾驶着一辆满载生活用品的卡车奔驰在无边无际的热带草原上，他们要去处于草原深处的建筑公路的基地。

就在这时，突然在他们的附近闪现出一头凶猛的狮子。卡车加大马力狂奔，试图甩掉狮子，狮子却紧追不放。

他们越是心急，令他们恼火的事却偏偏发生：汽车陷进一个土坑，熄火了。要想重新发动汽车，必须用摇把把车子摇醒。可狮子就趴在车外，虎视眈眈。

大声吼叫，掷东西打，两个人办法施尽，狮子却丝毫没有走开的意思。无奈中，他拥着妻子在车里度过了漫长难挨的一夜。可是狮子比他们还有耐心，第二天早上，这头猛兽还守在车外，对着这两个要到口边的美味垂涎。

太阳似火，空气仿佛都在燃烧。妻子已经开始脱水了。在热带草原上，脱水是很可怕的，用不了多久，人就会死亡。

他只有紧紧拥住妻子，似乎只有这样，才能不让狮子和死亡把她带走。此时，他们内心的绝望比狮子还狰狞。必须行动了，否则只能坐以待毙。他说：“我下去和狮子搏斗，或许能取胜。”其实两个人心里都很清楚，即使他们的力量加起来也未必抵得过这头猛兽。妻子像在自言自语：“不能再待下去了，否则不是热死，也会筋疲力尽，最后连开车的力气都没有了。很多人都在等我们回去，再不回去，他们连饭都吃不上了。”

车外，狮子一点儿都没有对他们失去兴趣的意思，它欲耗尽对手的生命，以延续它的生命。没有刀光剑影，生与死在沉寂中却铿锵以对。

不知过了多久，妻子轻轻地说：“我有一个办法。”“什么办法？快说！”丈夫多么希望听到她能把他们引到生路啊！妻子默默地伸出双手，搂住他的头，深情地凝望着，然后一个字一个字地说：“你一定要把车子开回去！”说着，眼里涌满泪水，嘴角禁不住地颤动着。他突然明白了妻子所谓的办法，抓住妻子的肩膀吼道：“不行！不！”妻子掰开他的手：“你不能这样，不能冲动，你下去，谁开车？”她话没说完，就猛地推开他，打开车门，跳下去，拼命往远方跑去。

狮子随之跃起，疾追而去。

她这是将生命送进狮口，为丈夫铺设生还之路。

他只觉热血充头，欲爆欲裂。他抓起摇把儿，跳下车，追向狮子。他怎么能看着自己的妻子活活地被野兽吃掉呢？

妻子的声音从远处传来：“快把车开走，快开车！”他的心被揪扯着、刺扎着。他在妻子的喊声中回到车前，发动起车子，疯了般地追向狮子。

远远地，狮子撕咬妻子的情景也撕咬着他的心。汽车快撞到狮子时，这头猛兽才惊慌地逃跑了。

草原上只留下响彻远方的哭声——凄凉、悲壮、断肠。

这是1999年10月的一天，一个叫刘火根的看山老人讲述的故事。老人就是那位丈夫，他和妻子是当年中国援建非洲一个国家的筑路队队员。27年前，妻子用生命留给他的爱一直深刻在他的心里。

去时是双，归时成单。回国后，刘火根把妻子的骨灰绑在身上隐居在深山护林，直到今日。他说，寂静的地方才能让妻子睡得踏实，也能让他更清楚地听到妻子灵魂的声音。他说，27年妻子的骨灰从未离开过他的身体，以后也不会，哪怕死了，他也要和妻子相陪相伴，不离不分。

（澜涛）

宝石项链

圣诞节前夜，当最后一位顾客离开了店门，彼得方才感到一阵轻松，一切总算过去了，新的一年开始了。

格里丝推开店门的时候，彼得正觉得百无聊赖，认为自己是全城里最孤独的一个人。

彼得的祖父生前是这家古玩店的老板，祖父死后，店铺就留给了彼得。小店门口的橱窗里摆满了各式各样漂亮的古玩。

这是冬天的一个下午。格里丝站在橱窗前，脸蛋贴近玻璃，专心致志地朝里瞅着，一双天真烂漫的大眼睛对每件东西都在仔细地端详着。过了好一会儿，她脸上露出笑靥，似乎很满意了，离开橱窗，推门走进了商店。

彼得站在柜台后面。他正当而立之年，头发却过早地花白了。他眼光冷漠，俯视着站在面前的小女孩。

“请你把窗子里那串漂亮的蓝珠珠项链拿出来给我看看，好吗？”小女孩开门见山地说。

彼得从橱窗里把项链取出来，举在手中，让女孩看。那蓝珠珠项链在手里光彩熠熠，好看极了。

“就是这串，就是这串！”女孩拍手雀跃，“请你用漂亮的纸给我包起来，好吗？”

彼得冷冷地打量着她：“你是给什么人买的？”

“给我的姐姐，她一直照管我。这是妈妈死后的第一个圣诞节，我想送她一件顶顶漂亮的礼物。”

“你有多少钱呢？”彼得问。

女孩从衣袋里掏出一把零钱放在柜台上。“就这些！”又补充说，“我一直都在为姐姐的礼物攒钱。”

彼得看着女孩，想了想，然后小心翼翼地用手盖住了项链的价格标签。他怎能把价钱告诉她呢？

“稍等一会儿。”他说，旋即走进店房内间，“你叫什么名字？”他高声地问。听动静像在忙着什么。

“格里丝。”女孩答。

当彼得重新回到柜台前时，他手中托着一个小包，用漂亮的圣诞纸包着，上面系着一条绿色丝带。

“给你，”他说，“路上要当心，不要弄丢了。”

女孩冲他甜甜一笑，接过小包，轻快地跑出了店门。彼得目送女孩渐渐远去，突然感到更加孤单了。

格里丝和那串蓝珠珠项链又一次唤醒了彼得痛苦的记忆。女孩的头发像阳光一样金黄灿烂，她的眼睛像海水一样湛蓝。彼得爱过的一个姑娘有着同样金黄的头发，同样湛蓝的眼睛，并且那挂蓝宝石项链是彼得专为她准备的。

在一个阴雨绵绵的夜晚，一辆汽车驶离了车道，夺走了彼得倾心热恋的那位姑娘的生命。

彼得变得孤僻了，他一直过着单身的生活。白天他跟顾客谈生意，晚上关了店门，他便沉浸在不可名状的悲痛中。久而久之，他在这种自悲自怜中，几乎要把那碧目金发的姑娘给淡忘了。

格里丝使他重新记起了失去的一切。回忆使他备感神伤，以至于在以后的几天里，他真想关上店门，躲开纷至沓来，专为购买圣诞礼物的人们。

圣诞节前夜，当最后一位顾客离开了店门，彼得方才感到一阵轻松，一切总算过去了，新的一年开始了。

但是，对于彼得来说，这个夜晚并没有过去，商店的门被推开了，一位妙龄女郎走了进来，她的头发如阳光一样金黄，眼睛似海水一般湛蓝。

女郎没有说话，只把一个用漂亮的圣诞纸包着的小包放在柜台上，上面有根绿色丝带。彼得打开小包，那挂宝石项链又重新呈现在他眼前。

“这是你店里卖出去的吗？”女郎开口问道。

彼得看着她，目光已不是冷漠的了。

“是的。它虽不是世上最好的蓝宝石，但的确是真的。”

“你还记得把它卖给谁了吗？”

“一个叫格里丝的小姑娘。说是为她姐姐买的圣诞礼物。”

“值多少钱？”

“我不能告诉你。”彼得说，“卖主是从不告诉别人顾客花了多少钱的。”

“但是，她最多也只有几个便士，无论如何也……”

彼得小心翼翼地用圣诞纸重新把项链包好，又用绿色丝带系起来，一切都像他为格里丝做的一样。

“她付了一个人所能付的最高价！”他说，“她拿出了她自己全部的钱。”

许久，小店里静无声息。教堂的钟声响起来。午夜了，又一个圣诞节开始了。

“但是，你为什么要那样做呢？”女郎关切地问。

彼得将小包放在她的手里。

“我没有任何人可以送圣诞礼物。”他说，“已经是圣诞节的凌晨了，请允许我陪你回家好吗？”

就这样，迎着圣诞的钟声，彼得·理查兹和这位他还不知道姓名的女郎迈出古玩店的大门，走向了一个新的玫瑰色的充满幸福和希望的圣诞日。

（富·奥斯勒）

王后的花朵

尽管她对王子的爱慕依然真挚，但她却觉得美梦离她越来越远……

在公元前 250 年，有一位埃及王子即将登基，不过根据法律，登基前必须先结婚。

未来的王后要母仪天下，王子必须要找一个让他完全信任的年轻女子，所以他听从智者的建议，召见当地所有年轻女子，在她们中挑选一位最合适的人选。

一位在宫廷服务多年的婢女听到消息，感到非常为难，因为她的女儿对王子很有好感。

她回家后告诉女儿，知道女儿想去应试，她心里非常担心。

“女儿啊，你去了又有什么用？全国最有钱、最漂亮的小姐都会去。我知道你一定很痛苦，不过还是要理智一点儿。”

当天晚上，女儿抵达皇宫时，现场的确佳丽云集，华服与珠宝令人目不暇接。王子宣布要进行一场竞赛，发给每人一颗种子，六个月后，能种出最美丽花朵的人就能成为未来的王妃。

女儿把王子给她的种子种在花盆里。由于她对园艺并不在行，所以费了很多心思准备泥土。三个月后，连芽都没有长出来。她百般尝试，也请教过庄稼人，用了各式各样的种植方法，却一无所获。尽管她对王子的爱慕依然真挚，但她却觉得美梦离她越来越远……

六个月过去了，她的花盆里什么也没有长出来。尽管她什么也没有种出来，这六个月她依然付出了很多心血，她还是告诉母亲，要如约回到皇宫。她心里知道，这是最后一次和心爱的人见面，再怎么样也不能错过这个机会。

众佳丽回来晋见王子的这天，女孩端着什么植物也没有的花盆，看到其他人的花都长得欣欣向荣，相互争奇斗艳，花形和颜色都有天南地北之别。

最期待的一刻终于到了。王子进入宫殿，仔细看了看大家培育出来的花朵。看完之后，他有了中意的人选，宣布将迎娶这位婢女的女儿为妻。

其他的小姐愤愤不平，表示他选中的人什么都没有培植出来呀。

王子心平气和地给出这次比赛结果的理由："这位小姐是唯一种出母仪天下的花朵的人，也就是诚实的花朵。我发下去的种子都是死的，怎么种也种不出东西来。"

（保罗·科尔贺）

写给姐姐的情书

他认为姐姐的终身大事有朝一日总会水到渠成自行解决的。他再三叮嘱我们莫将实情透露给姐姐。

有一天，我们放学回家，邮差送来了姐姐克蕾默蒂娜 28 岁生日那天照的几张照片。照片上的姐姐比她本人更难看，简直和德国著名画家威勒赫乐姆·勃合笔下《虔诚的海勒娜》一模一样。不知是出于怜悯还是害怕索赔，摄影师还将其中一幅精心修描过。妈妈给一位婚姻介绍人写了一封信，连同这张照片一起寄了出去。她想碰碰运气，给姐姐找个终身伴侣。

信寄出后，姐姐明显地容光焕发起来。她让裁缝做了一套时髦服装，还买来各式各样的化妆品。每逢邮差上门，她都忐忑不安地在房间里来回走动。可每次送来的都是爸爸的业务信件，所以她很失望。这种情况持续了两周之后，陷入忧伤绝境的姐姐终于病倒了。

随着她的病情日趋严重，我和弟弟都认为得想个办法减轻姐姐的痛苦才对。于是，我俩去找了一位朋友，从他父亲的写字台里偷偷拿出一本《尺牍大全》，然后根据这本小册子用打字机打了一封极富浪漫色彩的情书。我俩冒名约瑟夫·斯查弗兰斯基先生，夸赞姐姐年轻貌美并向她求婚。信封的落款是：邮政总局领。

次日下午，我俩回家后，看到家里人都异常激动。姐姐穿着她那件漂亮的连衣裙，又哭又笑地讲述有位先生来信表示愿意娶她为妻。喝咖啡时，她还把信的全文念了一遍。妈妈听了很受感动，说这封信使她不由得想起了爸爸当年写给她的第一封情书。爸爸对此却不屑一顾，因为他喝咖啡喝得过急，呛得一个劲儿不停地咳嗽。后来，家里人决定邀请这位先生下星期日到家里来喝咖啡。晚上，姐姐发出了一封散发着紫罗兰香味的邀请信。

两天后，我和弟弟又在朋友家按照《尺牍大全》打了一封回信。信的开头是约瑟夫·斯查弗兰斯基对姐姐的来信表示感激，并衷心地接受了她的盛情邀请。接着便是一大段摘自《尺牍大全》的有关爱情和思念一类最能拨动女人心弦的语句。姐姐准是收到了这封信，虽然她没让任何人看，可是从她的鼻尖上不难看出她的内心有多么激动。

姐姐盼望已久的星期天终于到了。可我和弟弟此时此刻才真正意识到我们的做法既漏洞百出又愚蠢可笑，肯定会被人识破。这天姐姐看起来分外漂亮，这使我俩内心更加感到不安，差点儿就要当众承认错误了。可我们到底还是守口如瓶，未向她吐露实情。将近4点，电铃突然响了起来。我和弟弟吓得脸色煞白。妈妈三步并作两步赶快前去开门。首先，我们听见一个男子洪亮的嗓音，然后是妈妈请客人脱去大衣的说话声。接着，她将来人引进了房间！“他到底来了。”妈妈掩饰不住内心的喜悦。奇怪的是，这位陌生青年始终不曾通名报姓。我和弟弟紧张得连大气都不敢出，真希望家里人干脆就把这位不速之客当作斯查弗兰斯基先生算了。爸爸妈妈似乎对此毫不怀疑，姐姐就更不用说了。可没一个人敢用斯查弗兰斯基称呼来人，大概生怕把这个古怪难叫的名字发错了音，叫走了调儿。

喝咖啡时大家才弄清楚，这位青年是地方法院一名陪审法官兼某慈善团体的负责人，近来正在为孤儿筹措一笔款项。他说着还拿出捐款人名单让爸爸妈妈过目。爸爸颇感惊异，说捐款之事容日后再议。来人微笑着站起身，答应改日再来，然后告辞离去。

客人走后，我和弟弟可算松了一口气。可姐姐被刚才发生的一切弄得不知所措，飞也似的跑进自己的房间。爸爸的肺都要气炸了。“真是个古怪的人！”他愤愤地说，“明明是来向我女儿求婚，可到家后却要我们为孤儿捐什么款。说不定我们上了这个骗子的当了！”妈妈认为爸爸言之有理，还说最好到警察局去告发这个骗子。我和弟弟听了十分害怕，只好把化名写信的事和盘托出了。出乎意料的是，爸爸非但没有责怪我们，脸上反而隐约浮现出一丝微笑。他认为姐姐的终身大事有朝一日总会水到渠成自行解决的。他再三叮嘱我们莫将实情透露给姐姐。我们当着妈妈的面提到那本《尺牍大全》时，爸爸似乎显得挺尴尬。

第二天姐姐没来吃饭。她躲在闺房里拒不见人。爸爸对她说，昨天那位来客大概不是斯查弗兰斯基先生。斯查弗兰斯基先生准是有急事耽搁了才没来。不管怎么劝说姐姐也不肯走出房门一步。

晚上，陪审法官又来到我家。这次才搞清他的大名：海弗勒。

即使这样，姐姐依旧屋门紧闭。

爸爸待客分外热情。不过，从这天起一直到以后几天，爸爸既无时间也没有兴趣提及捐款一事，害得固执的陪审法官先生只好日复一日地登门拜访。这样一来，他与姐姐见面的机会逐渐多了起来。他们或漫步花园，或促膝攀谈。有一次，弟弟和我意外地发现，他俩在灌木丛后面居然拥抱在一起接吻哩！此刻，我和弟弟才明白，爸爸的话一点儿也不错：姐姐的终身大事迟早会自行解决的。

（冈德·施潘）

最美的情怀

平淡的爱情里看得到最真的情。

奶奶伺候爷爷起了床，然后把他搀扶到厨房吃早餐。爷爷吃完了饭，奶奶又领着他来到起居室。让他在扶手椅上坐下，爷爷就坐在那里休息，而奶奶又回到厨房洗盘子。偶尔，奶奶会过来察看一下爷爷是否需要什么东西。

爷爷中风之后，这一系列的步骤几乎成了他们每天早上的例行公事。爷爷以前是个非常活跃的人，但是现在他左臂严重受损、行走困难，再加上说话时有些含糊不清，使得他出不了门。将近有一年时间了，他甚至都没有去过教堂或走访过亲戚。

每天，爷爷都用看电视来消磨时光。当奶奶在忙着一天的事情时，爷爷就坐在那里看新闻和球赛。他们达成了一个协定——假如奶奶不在跟前，爷爷就不离开他的椅子或者床。

“你跌倒了，我会拼着这把老骨头去帮你，要是出了什么事，那谁来照顾我们俩啊？”奶奶经常这样对他说。她的想法是坚定的，主张老两口自己照顾自己，独立生活。这间布鲁克林的褐砂石老宅子是他们的第一个家，这里保留着他们太多美好的记忆。他们哪怕一天也没有想过早离开这所房子。

爷爷和奶奶都是爱尔兰移民，他们在美国相遇、结婚。奶奶为人友善、直爽、无私，爷爷则是一个沉默寡言、顾家的男人。但是，他不会慷慨地赠送礼物给奶奶，更不会处心积虑地当掉自己的衬衫来给奶奶买些什么。他的观点是：倘若一年到头你都善待你的妻子，又何必非得送她礼物讨好她呢？因此爷爷很少为奶奶买礼物。

这成了他们婚姻早期的一个痛点。但随着岁月的流逝，奶奶逐渐认识到，他是一个多么好的男人。而且，毕竟，她想要什么东西自己都可以随便去买。

那是一个寒冷的、灰蒙蒙的 2 月的早晨，是纽约一个典型的冬日。像往常一样，奶奶把爷爷搀到他的扶手椅上。

“我现在去冲个澡。”她把电视遥控器递给了爷爷，“如果你需要什么，等着我，我很快就会回来的。”

冲完澡出来，奶奶回头朝爷爷的扶手椅背后面瞥了一眼，却注意到拐杖没有靠在通常靠的地方。她觉得有些奇怪，就向扶手椅走过去。爷爷不见了！衣橱的门敞开着，爷爷的帽子和大衣都不见了！恐惧顿时蔓延到奶奶的全身，还在顺着脊梁骨往上爬。

奶奶匆忙在浴袍外面罩了一件大衣跑出了家门。爷爷不可能走远，他几乎不能自己走路。奶奶不顾一切地睁大眼睛从两个方向拼命地搜寻着这片小区。一小堆一小堆的积雪和冰凌在人行道上结了厚厚的一层冰。腿脚稳当的人要安全行走尚且困难，像爷爷这种身体状况的人就更不用说了。

他在哪儿呢？他为什么要自己离开屋子？

奶奶扭绞着双手，看着行人与车辆匆匆而过，几乎感觉不到寒冷。她回想起最近曾无意间听到爷爷对一个孙子说过，他觉得“自己是个负担”。事实上，直到此前一年，爷爷还是一个健康而强壮的老人，而现在，他甚至连最简单的事情都做不了。

奶奶独自站在街角，负疚感淹没了她。

正在这时，爷爷从拐弯处走过来。他低着脑袋，眼睛全神贯注地盯着人行道，脚下小心地迈着细碎的步子。他的大衣歪歪斜斜地披在身上，几乎都盖不住他左边那偏瘫了的臂膀，那只好手被手杖和一个小包占满了。

奶奶疾步走过街区，不顾一切地冲到爷爷跟前。看到他没出什么事，奶奶松了一口气，开始责备起来：

“我才离开那么一小会儿，你究竟需要什么那么着急，不能等我回来呢？你叫我担心死了！究竟有什么事情那么重要啊？”

由于既迷惑不解又充满好奇，奶奶把手伸进了那个棕色的包里。还没等爷爷有机会解释，她就从里面抽出了一个心形的盒子。

“今天是情人节，”爷爷解释说，“我想你也许会想要一盒巧克力。”

礼物？所有这些虚惊都是为了……巧克力？

“我很久都没有给你买礼物了。”爷爷中风之后那含糊不清的话语竟然让冬天的风也温暖了起来。

泪水溢满了奶奶的眼眶，她不无感叹地缓缓摇了摇头。她将爷爷的胳膊搀扶着并贴在自己胸前，领着他回了家。

（丹尼丝·雅各比）

再陪你半小时

真正的爱情是无须用言语说明的，只在行动中彼此就能心领神会。

天很黑，还下着毛毛细雨，那条崎岖的山路上，只有他们的车子在开。

男人对这条路很熟悉，左边是悬崖，右边是山坡，哪儿有急转弯，哪条路比较窄，男人闭上眼也知道。可今天，男人的心里很不安，下雨天路变滑了，再加上这是台老爷车，天知道它会不会在这个恶劣的天气里罢工。

到那个转弯处时，男人更是百倍地提高警惕。那是一个急转弯，常常有不熟悉路况的车子在那里出事。男人轻踩刹车，减速，挂低挡，然后再一个急打方向盘，便可以顺利通过。

忽然，男人感觉车子往外轻微侧了一下，他踩了一下刹车，以保持车子的稳定，可车子竟然急速向外倒去。一阵沉闷的巨响后，车子里变得漆黑一团，车灯和仪表灯全熄灭了。男人知道，这是遇到了塌方，下雨使路基变得松软，恰好车子经过，路面塌了下去。

过了一会儿，从惊恐中稍微回过神来。男人才感觉到自己的脚剧烈地疼痛，男人的腿被变了形的驾驶室卡住了。四周漆黑一片，男人想去拉旁边的女人，车子却轻微地动了起来。还伴着树枝摩擦的“咯咯”声。看样子，侧翻的车子刚好被一棵树给挡住了，而这棵树又不知能坚持多久，现在在车里多待一会儿，就多一分危险。

男人不能动弹，只好叫着女人的名字。女人惊魂未定，应了一声，声音中带着恐惧。

男人说："你车门那边是路，你快点爬出去，这车子可能马上就要掉下去了。"

女人没吱声。男人急了，大声对女人喊："你快出去啊。"

女人轻轻地问："那你呢？"

男人知道女人担心他，只好实话告诉女人，他的腿被卡住了，出不去，而这树也支持不了多久，女人早一分钟出去就多一分活的希望。

女人说："我也被卡住了，动弹不得。"女人伸出手来抓住男人的手，男人感觉女人的手在轻轻颤抖。

男人想，事已至此，只好听天由命，先找救援。男人从裤兜里掏出手机，拨打了"110"，把自己的方位告诉他们。

打完电话后，男人还是很担心。车里每一个轻微的动作都会让下面的树轻轻摇晃。男人紧紧握住女人的手，轻声安慰她："没事的，救援马上会来。"女人也握紧他的手，似乎能从他那里得到一点力量。

半小时的等待，他们感觉像一个世纪般漫长，毕竟这是在死亡边缘。救援车终于来了，车灯照亮了他们的车子，救援队员大声告诉他们别动，然后用粗缆绳拉住他们的车子，把他们从死亡边缘拖了回来。

一到安全地带，女人立即身手敏捷地从自己的座位里站起来，急着去看男人的伤势。

男人责怪女人："刚才你为什么不出去？"

女人泪流满面，说："只是想再陪你半小时。"

这时，一旁的救护人员告诉他们，女人如果出去，可能两人都会没命。那车撞树时，不知怎的掉了个头，女人座位那边是悬崖，如果女人开车门，下面的树可能就会断掉。

听着这些，男人把怀里的女人抱得紧紧的。

（阮永兴）

那沧桑的一瞬

一个人的沧海桑田不过是一瞬间。

无聊的周末，她在看电视。

娱乐频道正在播放一道智力题——"一个人能不能在说话的同时咽口水？"

不能，她想。然后去给自己倒了一杯水，一边走一边对自己说"能不能"，同时试着咽口水，然后她笑了，自己竟然无聊至此。

回来的时候看到电视上有人正在解释原理，是一位穿着白大褂的男子，看样子是医生。

突然她发现那张脸似曾相识以及熟悉的乡音。

是他！

十几年前，鹿港小镇，中学，他是一帮同学中最引人注目的一位。学生们心目中学习的榜样，同班的莉莉尤其对他崇拜不已。

那时，她和莉莉一起住在离校门口不远的楼房里，她们形影不离。

先回家的她和莉莉一起在楼上窗边守着他的出现，莉莉突然大声地叫他的名字，等他抬头来寻时，她和莉莉一起躲到窗后。

莉莉咯咯地笑，她的心怦怦地跳。

他腼腆而又高傲。

她默默地关注着他。从莉莉那里，她知道了他的很多事情。他有一个漂亮的妈妈，有一个更漂亮的姐姐，还有一帮女孩崇拜他。

他父亲曾是镇医院的院长，一次医疗事故后被革职了，但病人们仍以能找他看病为荣耀。

她考上大学那年，莉莉家搬到了县城，告诉她，他家也搬到了县城，有一次在街上遇到他，已然长成了一个非常英俊的小伙子。

正在与别人热恋的莉莉说，我对他已经没有想法了。

她为莉莉惆怅，更为自己，自己将从此不再有他的消息。

莉莉早早地结婚生子，而她一直单身，是独立卓然的现代都市女子，不是没有追求者，而是她更享受一个人的自由。

现在，她看到了他，在电视上，十几年前的漂亮男孩变成了眼前的英俊男子，看来，他继承了他父亲的衣钵。这个电视台在上海，做节目一般就地取材，他一定是在上海的某医院里。

那是一座遥远的城市。她想，如果打电话到电视台去，问那档节目的制作人，应该可以找到他，然后呢，告诉他，我是你的同学某某某？

他会记得自己吗？要不，说莉莉的名字？

忍不住，她还是打电话给莉莉，电话里传来打麻将的声音，她嫁得很好，那个曾在楼上喊他名字而又躲起来的调皮少女现在是一个家庭主妇，闲来搓搓麻将，聊聊丈夫孩子，闲适而幸福。

耳边传来莉莉快乐而急促的声音："有什么事，我刚和了，封了个金顶！"

哗哗的洗牌声是非常有感染力的背景音乐，她却突然没了兴致。"没什么，只是突然想你了。"她匆匆地挂了。

一个人的沧海桑田不过是一瞬。

搓麻将的家庭主妇，享受着自由与孤独的自己，还有，年轻而权威的医生，大家都过得很好，那么，就让鹿港小镇成为一段记忆吧。

过了一周，她又看电视，下意识地转到那个频道，同样的节目，又一个趣怪的问题——"一个人闭着眼能不能单腿站立超过10秒"，出来解释的果然又是他。

她笑着，对刚刚向她求婚的男友说："快来看，这个人是我的初中同学。"

"那时我们都在鹿港小镇。"这一句，她只对自己说。

（来去）

遥远的爱

这样的一个梦想，明知道无法实现，却因为能够时常念着，便有了别样的美丽。

那是一座小得不能再小的城市，在中国地图上，它悄无声息地躲在一个角落里，不注意看，还真发现不了。

原本，她是不知道那座小城的，直到在网上遇到了他，她才知道那座城市，知道它靠近黄海，风从东面吹过来的时候，涩涩的咸咸的。有一回她在网上问："你不怕冷吗？"他说："不怕，因为心里有你。"

她听了，心里也有了暖暖的感觉。她没有见过海，又问他："站在你办公室的窗前，能望见大海吗？"他回答道："能呀，看，大海涨潮了。"她就笑，她知道他在逗她玩儿，那座小城离海十几公里，怎么可能看得见海呢？然而他又说："我眼神好着呢，我不仅能看得见海，还能看得见你，傻傻的，好可爱。"

电话的另一端，是两千公里外的西北某座城市。

她就生活在那里。高高的香椿树和法国梧桐，有着明显地域特色的建筑，拥挤的车流人流，还有明晃晃的阳光。而她站在街旁，灿烂地笑着，手中，竟然是一支冰激凌。这是她从网上传过来的照片。那时，正是盛夏时节，而现在，已经是冬天了。她说："我现在特想吃冰激凌。"

那天，他上街，突然发现一家新开的西式快餐店里在卖着冰激凌，两个青春灿烂的少女在那里大口大口地吃着。他的心忽然一动，赶紧给她打电话："你快过来，我这里有冰激凌卖，我买给你。"她在电话里快活地笑，说："你也变傻了吗？"笑了一会儿，又说："要不，你买了送到我这里来。"

他真的想去两千公里外的那座城市。然而，只是想想而已。这样的一个梦想，明知道无法实现，却因为能够时常念着，便有了别样的美丽。

第二年的初夏，他终于有了机会，出差去西北，原本到不了她那里，但他还是去了那座城市。然而，当他下了车，呼吸到内陆城市所特有的气息时，忽然变得犹豫起来。他不知道如果真的见了面，会是一种怎样的情形。这时他才明白，其实自己并没有准备好见她，而对于她来说，大概也是如此罢了。

那个下午，她正在办公室做事，有店家送来了一箱包装精美的冰激凌，她惊讶地收下。有张字条，写着：你喜欢吃的冰激凌，我送来了。她猛地愣住了，打他的手机，问："你在哪儿？"电话那一端回答道："我在火车上。"她再听，果然是车轮滑过铁轨的声音。

"谢谢你。"良久，她说。尽管手机里有嘈杂的声音，但她还是听清楚了他的话，他说："请允许我在那座海滨小城里爱你。"

她打开地图，再一次看见了那座安静的城市，而拥着它的黄海，一定与她想象的一模一样，温暖，而又神秘。

（柳易）

迷路在雪山

贝蒂把卡罗送给她的那枚订婚的蓝宝石戒指紧紧地捂在胸口，然后失声痛哭起来……

那是一个冬天的早晨，太阳灿烂地照耀着雪后的风景。在落基山脉普利斯特里山谷附近，年轻的橄榄球运动员卡罗吻着他心爱的未婚妻贝蒂，用极其温柔的声音说："让我们享受圣母玛利亚带给我们的快乐，明天我们就要踏上教堂的红地毯，你将是我永远的新娘！"

贝蒂含羞地依偎在卡罗的胸前，什么也没说，她早已沉醉在诗一般甜蜜浪漫的幻想中了。

卡罗和贝蒂开始滑雪。现在，他们终于拥有一片自由而绚丽的天空了，由于过度的激动，他们乐而忘返。很快两个人就迷了路，闯入一片从来没有人到过的雪域。

这已是迷路的第二天。

一阵凛冽的寒风推搡着贝蒂瘦弱的身躯，卡罗赶忙扶住她。贝蒂无力地说："亲爱的，也许我就要撇下你，一个人先去见上帝了。"卡罗阻止她再这么说，他把贝蒂抱到附近一个积雪半掩的山洞里，用从雪野上拾来的为数不多的树枝为贝蒂燃起了一堆火。然后卡罗转身去外面弄吃的，但他回来时两手空空。在这样一个寒冷荒芜的季节里，在这样一个鸟兽罕至的山谷中，哪儿来的食物呢？

就这样，两人又在饥寒交迫的痛苦中熬过了一日，贝蒂已变得极度虚弱。第二天上午，仍不肯放弃希望的卡罗又回到了山洞。这时他脸色苍白，脚步踉跄，左臂已不见踪影，只剩下血淋淋的残缺的袖管。贝蒂搂着心爱的恋人哭着询问。原来卡罗遇见一只觅食的棕熊，在与那头野兽搏斗时，卡罗的一条胳膊被残忍地咬掉了。贝蒂再也不敢奢望能够走出雪谷，两人紧紧地依偎在一起，带着泪水也带着战栗的微笑，尽情享受着即将告别的这个世界里的最后的温存。夜幕降临了，贝蒂沉沉入睡，然而当她在次日早晨醒来时，却发现火堆上放置着一块烤肉。

"我夜里逮到了一只冻僵的野兔。"卡罗神情疲惫地说。贝蒂于是狼吞虎咽地吃起来，卡罗却没有吃，贝蒂问他，他却说自己早已吃饱了。贝蒂于是留了将近一半烧得漆黑的烤肉，准备在两人最需要的时候吃。有了食物，上帝总算给两人的生存带来了一线生机。然而，卡罗因为昨日失血过多，加上这几天体力消耗太大，他终于倒在了落基山脉的雪地上再也没有站起来。

贝蒂是在卡罗死后的第五天下午被搜索小组救出的。那时，她已两眼呆滞，形容枯槁。在萨斯卡通红十字医院的病房里，当一个教授想了解贝蒂何以在满地冰雪的绝境里坚持了这么久时，贝蒂说："是爱，还有这个！"她出示了她保存下来的一小半烤肉。

"这是人的肉啊！"教授在凝视和检查了那块烤肉后大叫，"这是人的左臂！尽管已烧烤得模糊不清，但骨头的构造我还能辨别出来！"

贝蒂的脸色霎时苍白无比，她又想起了落基山脉上的雪，又想起了男友卡罗痛苦的微笑和血淋淋的臂膀。她似乎看见了卡罗在锋锐的岩石上自戕的惨烈场面，她明白了，一切她都明白了！

贝蒂把卡罗送给她的那枚订婚的蓝宝石戒指紧紧地捂在胸口，然后失声痛哭起来……

（弗加尔科）

让我来当一次天使吧

美好的爱情大抵如此，总会有无数次的转身，只要感情的天使不死，他们的爱就不会泯灭。

那是一个冷僻的文学论坛，去的人不多。

她总是午夜过去，看些文章，然后回几个帖。偶尔地，她也会发一些随笔上去，文字淡淡的，却很清新。

他总跟她的帖，有时会写一些大学时的趣事。没想到，他们竟是校友。

在大学时，不同年级，不同系，虽在一个校园读书，甚至在不经意中碰过面，彼此却不曾相识。谁会知道，毕了业分开了，反而聚到一起。

她也为这个意外且惊且喜。要了他的QQ号，遂开始了漫长的聊天。

那个撮合他们的论坛便很少去了，夜夜在QQ上聊，开始喜欢对方。

见面的那天，她白衣长发，在嘈杂的人群中静美出尘，他也是俊朗健谈，彼此一见倾心。

去看了电影，在电影院里牵了手。

出来时，月亮已高悬天际。

她说："真想一辈子我们都这么好，永远不吵架，这样一直一直往前走，永不转身。"

他将她的手更握紧了一些，然后说："傻丫头，会转身的，不信你试试，如果没有了转身，肯定两个人就该再见了。"

她不明白，也没有再问，却不信。

他们开始热恋，每天都会打无数个电话，晚上还要腻在一起。一个出差外地了，另一个必然会相思成灾。

这么好着，有一天，两个人还是为一件小事吵了起来。之后，他们三天没见，却谁都不肯先拨个电话给对方。她每天晚上都哭，以为他们真的完了。

第四天晚上，她打开QQ，看见他的留言。他说："丫头，我们和好吧。有人说，两个相爱的人之间发生了矛盾，第一个转身的人就是他们感情的天使。这次，让我来当一次天使吧。”

此后，他们一直非常好。当然，还会吵架，只是吵完了，总有一个人会转身，转身之后，他们的感情会比原先还要好。

美好的爱情大抵如此，总会有无数次的转身，只要感情的天使不死，他们的爱就不会泯灭。

（叶细细）

爱的针剂

他终于以自己的耐心和持久的热情慢慢地走进了她紧闭的心扉，慢慢地融化了她心中的坚冰。

和她在一起 4 年，可还是没有结婚。

因为从小目睹父亲和母亲从早到晚争吵不休，甚至大打出手。每当这时，她总是一个人缩在墙角里，用惊恐的目光看着父亲和母亲怎样凶狠而恶毒地伤害对方，她 10 岁那年，父母离婚了，她和父亲一起生活。母亲被婚姻伤透了心，没有再嫁。在她和父亲共同生活的屋子里，除了父亲的爸爸——她的爷爷和后母外，没有出现过其他的身影。父亲管她管得很严，屡次告诫她不要轻易和男人说话。从小学到高中，她总是班上最沉默寡言的一个女孩，没有一个男生注意到她，她也没有一个男性朋友。她像一个穿着破烂衣服的苍老年迈的乞丐，站在人家的屋檐下，远远地看着青春殿堂里女孩的美丽妖娆，男孩的生机勃勃，而自己的青春田野却只是一片荒漠。

后来上了大学，他闯进了她的生活。

她像一只惶恐的小鹿，慌乱地躲闪猎手的追捕。在她的生命里，男性对于她来说，是一种危险可怕的动物。

可他不管，第一次看到她那双羞涩惊恐的眼睛，沉静平和的面容，没有任何污染的长长的黑亮披肩发，她就感觉她是他要找的另一半。

他总是等在她必经的路口，用热烈的目光注视着她来来往往，而她总会像一只受了惊吓的兔子，低着头急急地逃离。透过她那双惊悸的眼睛，他很吃惊地发现，这个女孩沉静的面容后面埋藏着不为人知的伤痛。于是他给她写信，其实两个人的宿舍离得很近，可他还是把信正正规规地贴上邮票，从路的这头寄到那头。每天一封信，信的内容涉及很广，从社会谈到家庭，从文学谈到天文，从国内谈到国外，最后才谈到爱情。她从没有回过信，只是当他站在路边等她的时候，她看他的那双眼睛渐渐温柔起来。他写到第十六封的时候，她给他回了一封信。信里只有一句话：今晚 8 点，操场见。

她准时去了，两个人沿着操场走了一圈又一圈，她第一次向一个人诉说了她的家庭，母亲以及属于她的青春……他扶着她的肩，看着她流泪的眼睛，真诚地说："你会发现别人拥有的你都有，有了我，从此你不会再是一个孤独的跋涉者！"

他终于以自己的耐心和持久的热情慢慢地走进了她紧闭的心扉，慢慢地融化了她心中的坚冰。她终于可以靠在他的肩头挥洒她孤独和寂寞的泪水。

因为太幸福，她怕爱情是一场没有主角的梦，因为不相信爱的长久，所以，她从不给他承诺。

他和她在一起的日子平静而温暖，毕业后也一样。

4 年过去了，她对他的求婚总是缄默不语。

她体质很差，隔三岔五就生病。他总是给她煎药熬汤，耐心地守着她喝完。有一次，她患了急性肺炎，医生开了一个星期的针剂给她。他又怕针剂在大热天禁不住高温而失效，可是自己家里又没有冰箱，就把针药放到了同学家。同学家很远，他就每天去拿了药，再回来扶着她下楼。

打针的时候，他把药给阿婆。阿婆说："这药怎么是热的？"

他不好意思地搔搔头说："药从冰箱里拿出来太冷了。她身体差，我怕她打进身体里受不了，所以我一直攥在手里。"

阿婆笑了："小伙子，你真是模范丈夫啊！姑娘，你有福啊！如今懂得如此心疼老婆的男人少见啊！"

她淡淡地笑笑，转过头去，她仔细地审视他那并不宽阔的肩膀和憨厚的面容。他正拿着她的病历仔细地研究，根本没有注意到她在悄悄地看他。渐渐地，有泪涌出她的眼眶。阿婆的一句话就像一只轻柔的手，不经意地弹响了她心底的那根琴弦：是啊，我是幸福的，为什么我就没有勇气去接受一个爱我的男人给我无微不至的关怀呢？母亲是不幸的，可是我不能因为母亲的不幸而怀疑他的真情啊！

他扶她回家的时候，发现她的眼睛是湿润的，便温柔而又惊慌地问："是不是又痛了？还是打针起什么不良反应了？"

她把头靠上他的肩，注视着他的眼睛，温柔地说："亲爱的，等我病好了，我们就结婚吧！"

这是我在婚宴上给所有朋友讲的关于新郎和新娘的故事，我告诉大家："爱是神奇的针剂。"当然，新娘就是我，而至亲至爱的他——我的新郎正端着喜酒在玫瑰花丛中深情地注视着我！

（雪倾城）

第三辑

情窦初开的季节

落棋无悔

只有怀了深深的爱。才会包容和原谅她的过失，一次次任由她悔棋。

是他教她下的五子棋。

那一年，她刚在公司里崭露头角，工作做得风生水起，却突然在一次交通事故中摔伤了腿。也不重，但是需要静养三个月。她家人都在外地，没人照顾，又担心休假时间太长会被老板炒鱿鱼，层层忧虑，几天的时间人便瘦得脱了相。

思来想去，只好给他打了电话，他是她大学同学，毕业后又都留在一座城市工作。平时一起喝酒聊天，是可以嬉笑怒骂的那种朋友。接到电话，他几乎是一路狂奔来见她。看着她打了石膏的腿，他没有迟疑，马上从原来住的房子里搬出来，租了她隔壁的房间，烧茶煮饭洗衣拖地，承担起了照顾她的任务。不放心她一个人在房间里，他叮嘱她："有事就敲墙壁，我马上过来。"他们还约好了暗号：敲一下是喝水，两下是拿东西，三下是无聊了想下棋，他随叫随到。

她被双腿所困，心情郁闷。他买来零食、影碟、时尚杂志，还有一副五子棋，一张围棋盘，黑白两色棋，五子连珠，进攻防守，四海纵横，渐渐地她便迷上了这种游戏。

有了五子棋，有了他的陪伴，她的心情明朗了起来，恢复了任性刁蛮的脾性。一起下棋，赢了，她欢呼雀跃手舞足蹈；输了，她便耍赖道："我看错了，我要悔棋……"这时候，他便含笑看着她撒娇，嘴里说着："丫头，落棋无悔，哪有你这样下棋的？"但却任她把棋子移回原来的位置，重新再来。

他很欣赏她，从高中入学就开始了。他是个羞涩的男生，做了三年的同桌，考入了她报的大学，毕业后又追随她留在同一座城市，却始终没能把心中的真实情感说出口，只是默默地陪在她身边，在她需要的时候，以最快的速度赶过来。

有了他的悉心照料，她恢复得很快，能下地了，能拄着双拐走几步了，能跑到隔壁他的房间里看他做菜煲汤了。看着那么一个大男人，弯着腰在厨房里为她洗菜熬粥，难免心动。她不是不明白他的暗恋，可她的心，是飞在天上的鸟，外面的世界那么精彩，她怎肯被鸟笼子束缚了翅膀？三个月的时间很快，她已经完全恢复正常，可以重新穿上高跟鞋职业装穿梭在写字楼。他仍然住在她隔壁，晚上还能够煲了养颜粥给她端过来，一边喝粥，一边下棋。一不小心，被他赢了去，她便叫着喊着撒娇悔棋，他也总是微笑着任她摆弄棋局。

最终，她还是带了男朋友回来，是典型的钻石王老五，有自己的公司，青年才俊。他们碰巧在楼梯相遇，她大大咧咧地拍他的肩，向男友介绍："我大学同学，好哥们儿。以后你胆敢欺负我，他肯定为我'报仇'……"

他搓了搓手，尴尬地笑了。在一个星期日，他向她告别，说公司在他的家乡开了分公司，因他人熟好工作，所以派他回去，以后可能很少回来了，她愣了愣，想说挽留的话，却终究没有说出来。

总有一些人，在他离开之后，才会清晰地感觉到他的存在。晚上下班回来，再也没有人熬好糯米莲子粥等她了，再也没有人听她说那些疯疯癫癫不着边际的话了。她那个青年才俊的男友，也因为性格不合，没多久就分手了。

一天晚上，她忽然想下棋，习惯性地敲敲墙壁，“当当当”敲了三下，却是一片沉寂，没有回应。这才恍然，那个陪她下棋的人，已经不在了。呆呆地想了想，又跑到书房里打开电脑，进入五子棋游戏，屏幕上一样是方格棋盘，黑白两色棋子。

第一局，她输了。

第二局，还是输了。

第三局，一不留神，对方又摆好了四个子，急忙去点屏幕上的“悔棋”，对方回复：落棋无悔。她不甘心，又点“悔棋”，对方仍然冷冰冰地回复：落棋无悔。

她的鼠标停在屏幕上，泪水悄悄地弥漫了双眼。她终于明白，原来只有怀了深深的爱，才会包容和原谅她的过失，一次次任由她悔棋。她急急地翻出他的电话，她要告诉他是她没留心看错了，她要悔棋，一切重来。电话打过去了，却是陌生的女声：“对不起您拨打的号码已停用……”不甘心，又找出他走的时候给她留的新公司的电话。一个睡意惺忪的声音不耐烦地回应她：“你找他啊，他出国了，你不知道？”

手中的话筒“啪”地落在地上，她终于明白，那个让她悔了无数次棋的人，从此再也不会给她悔棋的机会了。

（卫宣利）

在那情窦初开的季节

他走后的每天，我都在想念他，想念和他在一起的每一天。白天、晚上都想……

那是在情窦初开的季节里发生的故事，关于我的。

我在 19 岁那年爱上了隔壁家的大哥。那是段美好的，并且十分秘密的感情，现在想起来仍充满着幸福的感觉，因为那是我的初恋，纯真而美好。

当我真正开始注意到他的时候，他已经快大学毕业了。在很早以前我从没有想到过自己第一个喜欢的男孩子会是他，因为在我的印象里，他就是个大人，离我很遥远。而我感觉自己在他的眼里也只是个孩子。可是，在那个暑假，在那个情窦初开的季节里，我着了迷一样地爱上了他……

夏日黄昏的天空，暑气还没有完全褪去，每每还是太阳斜照的时候。他的琴声就悠扬地飘荡在那条街上。我的家在一个美丽的小城里，琴声轻易地能传得很远。第一次听到的时候我还记得当时奇怪的感受。穿过透明的暮色，我看到他独自坐在他们家前的枣树下，整洁的白衣服，夕阳照在他的头上。他专注地闭着眼睛，悠扬的民谣滑过我的耳际。我远远地坐着，静静地聆听。我听见那些音符如流水一般在风里飘扬，一切恍如梦幻。在当时，那种于心底的震惊是无法用语言来表达的，因为，就在那个黄昏，那首曲子，将我心底懵懂的情愫给牵引了出来。他侧着头，修长的手指按着琴弦，还有那把普通的暖黄色红棉木吉他，夏日的夕阳，还有未褪去的暑气，那棵大树……很多年后，我想到他，就是这个样子。那个夏天的黄昏就此在我心里定格。

我开始想他，在我的梦中。在一个夕阳斜照的黄昏，我在他家门口的枣树旁遇到他，一如白天的情景，他在枣树下，为我弹琴，琴声如诉。我望着他。他回望着我，他的眼神如流水般清澈，像他的琴，那么优雅。那些日子我总是梦见他，虽然就在隔壁，可是他还只当我是个孩子。每天见到他，心里总是莫名的感动，突然间，希望自己快快长大，好和他一样，可以平等地对话……

他每天都会在枣树下弹几首曲子，也总会用一首固定的曲子做结尾。那是一首民谣，有一种远人秋意的感伤。每一次我听到它，都会感伤不已。因为弹完这首曲子，他就会起身离去。

有一天，我在我家的楼上望了他很久，而后终于鼓起勇气，走上前说："我想跟你学琴。"

他很诧异地看了我一眼，问："学古典还是民谣？"

我傻站在他的身旁，风吹过，风中有他身上特有的味道。我深深地吸了一口，一阵陶醉。

我说："我要学那首曲子……"然后我就哼出了旋律。

他侧过头望着我，他说："哦，《穿过你的黑发我的手》。"他开始教我弹奏。他教我练习和弦、简单的勾弦、横按等等。我总是心不在焉的样子，其实，我只想看着他，闻他身上的气味，只要能和他在一起，我就什么都满足了。那个暑假，每天都是陶醉的，美妙的。每天下午，我们都在他家楼下的长椅上，他教我弹吉他。我则淘气地想和他玩儿，当他威胁说不教我时，我才安静下来。我多么喜欢和他打闹，那个时候，他才是我最关注的，而我时时刻刻都希望能引起他的注意。

后来，我们开始谈得渐渐地多了起来。除了弹琴，有时也会谈些别的。他告诉我，他为什么始终用那把红棉吉他的原因，因为那是他初恋女友送他的礼物。他还告诉我，《穿过你的黑发我的手》是他初恋女友最喜欢的曲子。我听了这句话后，默默无语，我不知道该说什么，心里酸涩，总是在幻想他说的那个女孩子，她长的什么样子？有什么样的女孩才配得上他的爱呢？我多么希望自己能够取代她的位置，成为他心中的那个重要的人。

每天晚上睡觉时，他说的那些话我都会在心里一句句地回忆。我在思索着分析着他是否有什么暗示？他是否已经喜欢上了我？我对自己说，他已经不把我当普通朋友看待了。得到这个结论后我很开心，可是那毕竟是海市蜃楼的幸福，一切建筑在幻想之中。醒来，一阵风吹过，一切就又如镜花水月一般。但又想想，他喜欢的那个女孩子不是离开他了吗？那我不是还有机会……那时心里一会儿高兴，一会儿又备感忧伤和沮丧。

不想有一天，他告诉我，他的女朋友又与他有了联系。见他高兴的样子，我呆站在那里，看着他的脸，在夕阳的阴影下，独自体会悲绝的滋味，这是我一世不曾消失的阴影。我忽然感觉到一种近乎绝望的悲伤。我转过身跑掉了，留下他一个人面对着那把吉他，还有那首《穿过你的黑发我的手》……他莫名其妙地看着我，看着我娇小的身影远去……

我变安静了几天，妈妈很高兴看到我这样，因为终于不用让她太操心了。可是谁都不知道我心底的那个秘密——我喜欢上了他，一个大我 4 岁的大哥哥，即便他已经有了女朋友。时间一点点过去，我知道，很快，他就要开学了，很久才能回来，我将很长时间不能见到他。想到这些我心里很不是滋味，我又开始了每天除了吃饭、睡觉之外，就和他在一起，学琴、说话、打闹、对他使坏、让他着急……总之，我想尽办法地玩儿，装疯卖傻，让他生气。可是到最后，他总是温柔地摸摸我的头，对我说："天哪，真是个孩子，不知道什么时候才长大呀！"这时我就会装着毫不在乎地嘛嘴。

他还是走了，上学去了，那天我伤心得不敢出来，在自己的屋里，偷偷地哭泣，而且还得警惕不让妈妈发现。他走后的每天，我都在想念他，想念和他在一起的每一天，白天、晚上都想……

后来，我也长大了，回想那段岁月，想到曾经我也喜欢上了一个人，还是一个大男孩，心里便会泛起忧伤地浅笑。

我将永远铭记那个夏天，我懵懂的初恋。

（小雾贝贝）

苦蛋糕甜爱情

曾经发誓不再吃任何甜食的萨尔丁，在爱上桑帝的那一刻起就注定会陷入蛋糕的圈套。

萨尔丁 14 岁生日那天，他突然将刚吃进嘴里的蛋糕吐了出来，"妈妈！您做的蛋糕怎么是苦的？"妈妈以为萨尔丁的蛋糕上沾了苦瓜汁，可她尝过儿子的蛋糕之后却没发现任何异常。奇怪的是萨尔丁觉得苹果也是苦的，连蜂蜜也觉得苦涩无比。

妈妈带萨尔丁去医院检查，医生说，萨尔丁患了味觉异味症，香甜的食物一进入他的口中就会变得像苦涩难吃的药片。原来萨尔丁的味蕾在一年半前受过严重烫伤，味觉异味就是从那时候开始的。味觉异味症手术最迟应该在发现该症的三个月内进行，但萨尔丁却耽误了一年半的时间，他错过了味觉异味症治疗的最佳时期，要恢复到正常已不大可能。

好在萨尔丁天性乐观，他在得知自己的病情后说："真正的甜蜜不是用嘴品尝，而是用心才能感觉到的。当我从甜蜜的奶油蛋糕中尝到浓重的苦涩时，也不会觉得不能吃甜食是一件多么可怕的事。何况生活中还有那么多味道可以品尝呢。"

从此，萨尔丁再也没有碰触过任何甜食，没有奶油和蛋糕的日子，萨尔丁照样生活得非常健康快乐。

21岁那年，萨尔丁不可救药地爱上了一位美丽的姑娘，她叫桑帝，是萨尔丁所在大学美术系的一名学生。终于，幽默真诚的萨尔丁赢得了桑帝的芳心。

两人交往不久，桑帝带着萨尔丁回家见了家人。让他啼笑皆非的是，桑帝的父母居然经营着一家很大的蛋糕店！桑帝父母身为多伦多最优秀的蛋糕师，当然会精心烘焙蛋糕来招待女儿的男朋友了。看着桌子上的蛋糕，萨尔丁禁不住一阵紧张。

多年没吃过甜食的萨尔丁，暗暗祈祷能吃出蛋糕的香甜味来。可是，那看起来无比诱人的蛋糕，一到嘴里就成了和苦胆一般难吃的东西，他觉得一阵恶心，但抬头看到桑帝吃得津津有味，萨尔丁又不得不将蛋糕咽下去。蛋糕吃完，桑帝又端上来一碗玉米羹。没有人能想象得到萨尔丁当时的情况有多糟糕，这个视甜食为天敌的小伙子，为了爱情完全豁出去了！

所幸桑帝和她的家人都没发现萨尔丁的异常，这次看似甜蜜实则苦涩的见面终于过去了。晚上回到家，萨尔丁忍不住将一个晚上吃的东西吐得干干净净。

为自己出生于蛋糕世家而骄傲的桑帝，开始频繁地邀请男友去她家品尝蛋糕。萨尔丁每次去她家都如临大敌。因为桑帝是家中的独生女，而且还会接管家里的蛋糕店，所以，萨尔丁甚至考虑到，是否和桑帝继续交往下去。

萨尔丁于是陷入了巨大的矛盾中，一方面，他很爱桑帝，但一想到跟她在一起一辈子都会生活在蛋糕的阴影之下，他就觉得异常可怕。何况，医生警告过他，他必须常年不得再吃甜食，否则他的其他味觉也会随之渐渐丧失。

萨尔丁的父亲看出了儿子的困惑，说："年轻人，为什么一小块苦涩的蛋糕就会阻止你追求一个甜美姑娘的脚步呢？"父亲的话让萨尔丁愧疚不已，他决定把自己不能吃甜食的实情告诉桑帝，如果她爱自己的话，会接受这个事实的。

可就在这时，桑帝的爸爸在一次车祸中离开了人世，老人在弥留之际拉着萨尔丁的手说："孩子，你一定要成为一个优秀的蛋糕师，和桑帝携手把蛋糕店开下去！"萨尔丁不能拒绝一个垂危老人的请求，他答应了桑帝的父亲。

一个月后，萨尔丁迎娶了漂亮的桑帝。为了让蛋糕店更好地经营下去，萨尔丁决定去多伦多蛋糕学校系统地学习做蛋糕。他告别了新婚的妻子，独自住进了学校的宿舍。

可当老师发现这个雄心勃勃要成为蛋糕师的男子，居然品尝不到蛋糕的香甜时，坚决要求萨尔丁退学。

不过，萨尔丁并没有放弃，他怎么能够因为这么一点小小的挫折而放弃对岳父的承诺呢？他住进了蛋糕学校附近的一家旅馆，因为那里有一个汇聚了制作世界各种精美蛋糕工具书的图书馆，还有一个生产无数精美蛋糕的示范车间。

萨尔丁每天上午去图书馆看书，中午去蛋糕示范车间观察，然后回到住处做蛋糕，自己不能品尝，他就严格按照书上的配料说明来做，傍晚，萨尔丁拎着自己亲手做的蛋糕去街心公园，那里有很多无家可归的老人。不久，老人们知道了萨尔丁的来意，他们开始毫不留情非常客观地评价他的蛋糕。

尽管吃蛋糕很痛苦，但萨尔丁仍然坚持品尝自己做出的每一款蛋糕。虽然吃进的尽是苦涩，但苦涩的味道也有轻微的差异。通过流浪老人的反馈，萨尔丁发现了一个规律，那就是当他感觉有多苦，别人就感觉有多甜，也就是说，越苦涩的蛋糕其实越好吃。

半年后，萨尔丁回到了桑帝身边。他做的蛋糕让妻子骄傲极了，他竟然只用了半年时间就成了比父亲还优秀的蛋糕师！

他们的蛋糕店开始发展壮大，萨尔丁的手艺也渐渐人尽皆知。

但是有一点，所有熟识他的人包括妻子桑帝也不知道的，那就是这个能做出香甜无比的蛋糕的男人，竟然早已丧失了感知甜味的味觉！曾经发誓不再吃任何甜食的萨尔丁，在爱上桑帝的那一刻起就注定会陷入蛋糕的圈套。

桑帝家的蛋糕在萨尔丁的舌头上跳了一个苦涩的舞蹈，也神奇地为一个品尝不出甘甜味道的男人，送来了人世间最甜美绝伦的爱情。

（玄圭）

大难来临谁在你身边

爱情，不是一颗心去敲打另一颗心，而是两颗心共同撞击的火花。

他是一个丰神俊朗的才子，从十七八岁开始，就凭借爱情诗只身闯文坛，十年流水光阴，他如今早已名满天下，有车有房有事业有地位，并且，依然那么英俊不凡。很多女子爱慕着他，而他，却分不清楚什么是爱，什么是喜欢。

28 岁那年，他遭遇了人生中的两件大事。第一件事情，就是认识了其貌不扬的她。她不懂诗歌，不懂文学，却默默地爱着他。她只是一个平凡的女子，和他分居两座城市，关心他的方式，只是长途电话，或者 QQ 留言，一句普通的叮咛，一句普通的问候，对于他来说，实在是微不足道的关怀。他知道她爱着自己，但是却以一种轻佻的态度对待她，并且从来不许任何承诺。

另外一件事情，发生在一个雪夜，他最爱的人，他的母亲，悄然病逝。得知这个消息后，他不顾外面的风雪，甚至来不及为自己加衣，衣着单薄地连夜赶往故乡。一路上，他泪水横流，想着自己还来不及反哺，就忽然失去了母亲。他为母亲守灵的夜晚，接到她的长途电话。他只说了一句，我母亲，走了……他失声痛哭。而她，只久久沉默，之后就挂了电话。

第二天的傍晚，雪越下越大，村里积满了厚厚的雪，一不小心就会滑倒。有人告诉他，有个陌生女孩在村口打听他。他迎了出去，远远地，就看到一个女子，正是他曾经最轻慢的她，此刻她满身的雪花，脸冻得红红的，手不停地搓着取暖。他大步走上去，猛然抱住了她，那一刻，他发誓，即使什么都没有了，他也要用自己的身躯替她挡住一辈子的风霜。他流着泪仰望天空，知道这是天堂里的母亲送给他最后的礼物。

没有人知道，他那几天接了多少女子的电话，各种各样华丽语言的安慰，却没有人，如她一样夜行千里，肯为他奔波来到一个从来不曾来过的贫瘠的山村，在大难来临的时候，陪在他身边，用自己最纯洁的举动，给他最温柔细致的关怀。

（晓丹叮咚）

哑夫妻

她收回注视他遗像的呆痴目光，突然开口讲话："爱人已去，谎言也该揭穿了。"

他是个哑巴，虽然能听懂别人的话，却说不出自己的感受。她是他的邻居，一个和外婆相依为命的女孩。她一直喊他哥哥。

他真像个哥哥，带她上学，伴她玩耍，含笑听她叽叽喳喳地讲话。他只能用手势和她交谈，可她能读懂他的每一个眼神。从哥哥注视她的目光里，她知道他有多么喜欢自己。

后来，她考上了大学，他便开始拼命地挣钱，然后源源不断地寄给她。她从没拒绝。终于，她毕业了，参加了工作。然后，她坚定地对他说："哥哥，我要嫁给你！"

他像只受惊的兔子逃掉了，再也不肯见她，无论她怎样哀求。

她这样说:“你以为我是同情你吗?想报答你吗?不是的,从19岁我就爱上你了。”可是,她没有得到他的回答。

有一天,她突然住进了医院。他吓坏了,跑去看她。医生说,她喉咙里长了一个瘤,虽然切除了,却破坏了声带,可能再也讲不了话了。病床上,她泪眼婆娑地注视着他。

于是,他们结婚了。很多年以后,没有人听他们讲过一句话。他们用手、用笔,用眼神交谈,分享喜悦和悲伤。他们成了相恋男女羡慕的对象。人们说,那是一对多么幸福的哑夫妻啊!

爱情阻挡不了死神的降临,他撇下她一个人先走了。人们怕她经受不住失去爱侣的打击来安慰她。这时,她收回注视他遗像的呆痴目光,突然开口讲话:“爱人已去,谎言也该揭穿了。”

人们惊讶之余,都感叹不已,这是一份多么执着、深厚、像童话一样的爱呀!从此,她便不再讲话,不久也离开了人世。恋爱中的男女仍会拿他们当作谈论的话题,他们常说,你听过那对哑夫妻的故事吗?

(孙宴明)

爱情色盲

即便她依旧是那个有着深紫色疤痕的女子,他也爱她如初……

如果只是站在妮菲索背后,你一定会认为那是个异常美丽的姑娘——散发出淡淡薰衣草香味的窈窕身段,一头漆黑的长发如瀑布般直泻到腰间……但当你从妮菲索身后绕到她前面时,恐怕会大失所望甚至惊恐地张大嘴巴。一大块深紫色的印记，肆意地爬在妮菲索的左脸以及半个下巴，她原本精致的五官、完好的皮肤也因为这一切被磨灭甚至丑化，这块胎记随着妮菲索年龄的增长越来越明显。

在其他女孩都有男孩写情书送玫瑰的时候，妮菲索的生活却一直被那块深紫色的阴影笼罩着。

等到妮菲索长成一个身材高挑发育完全的大姑娘时，她脸上的紫色疤痕也变得更大更触目惊心，她把大部分精力都花在了学习和工作上。妮菲索开始给一些报刊写文章，她优美的文字迅速被许多人欣赏，有的男生甚至给她写信要求见面，但当他们知道妮菲索的脸上有明显的疤痕时，又大多选择了沉默。除了一个叫约瑟夫的男生，他读遍了妮菲索写的文章，并且喜欢跟妮菲索交流读后感，渐渐地，他们成了好朋友。当约瑟夫要求见面时，妮菲索以各种理由推辞了，遭受过多次打击的妮菲索已经没有勇气面对任何陌生男孩，她不想轻易失去这个朋友。

不久，约瑟夫大学毕业，回伦敦继承了父亲的公司。尽管约瑟夫公务繁忙，但他仍然关注妮菲索发表的每篇文章，而且依然坚持一周给她写一封信的习惯。妮菲索第一次见到他是在一个电视的采访中，因为约瑟夫讲到了他们的友谊，那一刻，妮菲索突然面颊绯红，在此之前，她只知道约瑟夫是个幽默能干的男孩，可现实中的他那么高大英俊，而且还有着成功的事业。

短暂的激动之后妮菲索马上清醒了：“他是不会爱上我的！如果要维持现在这种友谊，只能永远不见面。”以后每次在电视或杂志上看到约瑟夫时，这个自卑的姑娘都忍不住偷偷啜泣，妮菲索的生活又走入了极度的惶恐和自卑之中。

其实，经过几年的通信，约瑟夫早就对妮菲索有了一种爱慕之情。回到伦敦不久，他就给妮菲索写信要求见面。可是妮菲索却依旧很坚决地拒绝了他。约瑟夫再次写信表达爱意，妮菲索竟然不再跟他联络了。妮菲索的文字那么积极外向，而且他们已经有了多年的友谊，即使她不喜欢自己，见个面也没什么大不了啊。约瑟夫想知道原因，于是托朋友帮忙打听妮菲索的消息。

约瑟夫终于知道妮菲索为什么不愿和自己见面了。接下来的一个多月，约瑟夫不再跟妮菲索写信，但对她的思念和担心却一天更甚一天。她坚持了几年的一个专栏突然终止了，朋友告诉约瑟夫，原本乐观的妮菲索变得异常憔悴，常常一个人偷偷饮泣……约瑟夫陷入对妮菲索既思念又恐慌的矛盾旋涡之中，他不知道怎样面对那个可怜的姑娘。经过一番深思熟虑，约瑟夫决定做一次大胆尝试。

第二天，约瑟夫给妮菲索写信，说自己这段时间被色盲症困扰，到国外接受了治疗。“但是很糟糕，色盲那玩意儿看来是无药可治了。”当妮菲索收到这封信时，她几乎不敢相信自己的眼睛，约瑟夫竟然是色盲，那就意味着即使跟他见面，他也不会发现自己脸上的紫色疤痕。妮菲索终于和约瑟夫见面了。约瑟夫从看到妮菲索的第一眼起始终温和地微笑着，眼睛一直追随着妮菲索的身影。看来约瑟夫真的是色盲，因为他夸赞自己时没有丝毫的造作，那是世界上最真诚最美丽的赞美。他们虽然是第一次见面，但在彼此心里他们早已心心相印，妮菲索终于得到了她梦想的爱情。

那晚，兴奋和感动让妮菲索无法入睡。她试着走近多年都没有触及的镜子，一步一步地走近，她看见镜子里的自己，满脸荡漾着幸福。原本让妮菲索恐慌的疤痕，现在看起来居然不那么可怕了。约瑟夫开始投入色盲的生活中，他常常故意把深紫色的茄子说成是灰色，他甚至尝试穿一些色彩鲜艳的衬衫，像孩子一样让妮菲索给他指点颜色……和约瑟夫一起走在大街上时，妮菲索也学会了用微笑坦然地面对周围异样的目光。有一个看不见自己的疤痕而且悉心呵护疼爱她的人，已经足够。别人的眼光算得了什么呢？

不久，在朋友的帮助下，妮菲索到国外接受了治疗。那块伴随她 22 年的疤痕终于离她而去，再见到约瑟夫时，他一如既往地保持着温和的微笑，他当然发现不了自己的变化，在一个色盲人眼里，脸上有无一块紫色印记有多大区别呢？

约瑟夫微笑如初地看着这一切，是的，妮菲索现在漂亮极了，“色盲”约瑟夫有好几次都忍不住想夸夸妮菲索穿的那件深紫色婚纱，他无法抑制自己用所有漂亮的颜色来形容妻子的美丽，但即使她依旧是那个有着深紫色疤痕的女子，他也爱她如初……

花落两边开

不是不爱，而是爱得太深，不忍再让其破碎。

她和他住在一个胡同，两小无猜，青梅竹马。她比他大两岁，自然上学要比他高两个年级。升高中时，父母为了她读书便利，便举家迁移。她死活不依，却无奈家中的决定。穿过那片挺拔的白桦树林，他驻足，目光坚毅地对她说：“我很快会来找你。”她眼噙泪花点点头，默默而去。

他果然没有食言，不仅如此，他还申请了跳级，学校鉴于他成绩优秀，态度恳切，批准了。就这样他们被分在同一班，且做了同桌，除了在宿舍，绝大部分时间他们都在一起。上课、自习、泡图书馆、晨跑散步，一如既往地形影不离。

人们常说美好的时光总是短暂的。一次意外，她出了车祸，在医院里待了一年。待出院时，他已考到上海复旦大学。临行前，她去送他。这次，换了她在轰隆隆的火车边对他说：“我很快会来找你。”他拉着她的手狠狠地点头，依依不舍地上了已在开动的火车。

上天常爱捉弄人，她的成绩尽管一直是优异的，可是历经那一次车祸后，体质变得异常差。在遇到大型考试时，神经稍一紧张就会骨头发软、站立不稳，甚至是昏迷休克。医生说这是车祸留下的后遗症，建议她读一般大学即可。家人知道她的病，劝她，她不肯，整整读了五个高三，其中武大录了三次，浙大录了一次。她都没去。嘲笑和不解铺天盖地地向她袭来，连家人都责备她，他也劝她了，她仍执着。

最后一次终于盼到花开。就这样，她到了他的大学，他已读研。当她从火车上下来被他紧紧拥在怀里时，两人都情不自禁地流泪了。她是开心的，那些逝去的美丽年华，所有的努力和忍耐，在这一刻都得到了补偿。她觉得值了，认为这样就可以相拥一生。

她毕业后，两人在同一家大医院工作，日子如丝绸般光滑而舒畅地流过，甜美且温暖至极。两人常常陶醉其间，十指相扣构想着幸福的未来。

可惜这并不是属于他们的美丽结局。她的“后遗症”频频复发，作为医生的他们很快就明白这不是个好兆头。她日渐消瘦，逐渐憔悴，焦急。她常常抓着自己的头发哭喊，怨恨苍天为何如此不公。

他的母亲赶到医院，趁他不在，用手指顶着她的额头骂，害人精，自私鬼，拖累有大好前程的他，不是爱他而是害他……她那深深凹下的眼睛迅速地凸起来，却百口莫辩。在他母亲的眼泪和哭诉中她投降了，也认可了他母亲的话——既然不能给他幸福，那不如早些放手。

她是如此爱他。她很快出了院，不知去向。

待再见她时，已是他人妇。他当上了一家大医院的院长，在脑外科上造诣颇高，享誉国内外医学界。只有他知道这么多年潜心研究，全是为了她。她听了这些，并不动容，淡然而笑说：“你现在不是有个很好的家吗？”他那炽热的目光有些暗淡下来。是啊！一转身，都已人到中年，各自成立一个家了，早已不再有年轻时的轻狂、遐想。他们聊了些不着边际的话，各自散去。她坐在车里，待他走远，这才抬起头来。拂起长长的刘海儿，她的眼睛闪亮似启明星一般，他却从不曾知道她的眼睛闪着火苗。

此后，她成了他的红颜知己，他亦是她的蓝颜知己。生活仍在继续。直到他的母亲去世，弥留间告诉他她当年离去的原因。他不怪母亲，但内心震痛，血往上涌。他决定找回她，不管付出多大的代价。

三月的扬州路，樱花的花瓣带着芬芳飘落满地。他驱车疾驰前往，到门口，见她正在教孩子念诗，神情如往昔那般从容，安然淡定。瞬时，他怔住了。悄然停驻良久，他慢慢地驱车而回，一朵花正好掉到窗前来，分成两瓣，朝两边散落开去。下车，他看着两个完好的半边花瓣。他若有所悟，终于释然。

这世界上有一种爱，本该是一个整体，可被世事如花般给分开，成为另外的两个整体，并且各自很好地开放，那么为何不去成全这种好呢？不是不爱，而是爱得太深，不忍再让其破碎。

一次失误

列昂尼德熟悉自己的森林和泥沼，他头脑中闪出个念头："只要跑到河边，就安全了。"

列昂尼德走在河边的路上。

这条路很少有人行走，一个同村人在路上碰见了列昂尼德，便问道："这是为什么？怎么你总是走这条泥路呢？草地上不是有路吗？"

他一笑，没容对方再问就说："我爱森林，已经习惯走这条路了！"

有一次，有人想把列昂尼德调回扎姆霍维耶学校工作。但使大家惊讶的是，他谢绝了。

列昂尼德在走那条河边的路时，没有回忆过去在大自然的怀抱里度过无忧无虑的幸福童年，也没想起学校、老师和朋友那些亲切愉快的往事。他想的是他第一个，也是最后一个恋人就是在这儿失去的。她叫尼娜。

尼娜，那时她丝毫没有觉察到，在学校的晚会上，列昂尼德那次没敢靠近她的身旁，也没有下定决心把想说的话写信告诉她。她也不知道，他那次从她的皮包里偷走了她的照片。

正是那张照片毁灭了世间最美好的东西——尼娜和爱情。

那是一次任务，要用飞机把列昂尼德运过前线送到游击队去，那里正好也是他的家乡。

夜里飞机把他空降在这片林子里，从小就熟悉的森林在悄悄迎接他的到来，他隐藏好无线电台，太阳快出来时，他潜到了游击队活动区域，执行着任务，想念着母亲和村庄，也思念着尼娜。

那是个异常清冷的早晨。雾弥散在灌木丛中，柳莺单调无味地叽叽叫着，鸽子胆怯地拍打着翅膀，溅起阴凉的露珠。

“站住！”

柞树下传来德国士兵的喝令声，列昂尼德一头钻进密林里寻找退路。

冲锋枪的子弹射击过来，几截小树枝落到了他的肩上。

列昂尼德熟悉自己的森林和泥沼，他头脑中闪出个念头：“只要跑到河边，就安全了。”

跑到河边，他脱掉衣服。把衣服放在靴子上面，伪装成一个“伞兵”的假象，接着他游过河，到达对岸游击队防区。

两小时以后，列昂尼德来到了游击队营部。这时他才想起，尼娜的照片和衣服一起落到了敌人手中。

一个星期后，在一个漆黑的夜里，列昂尼德回村探望了母亲。他一直没好意思打听尼娜的事。天快亮了，走的时候再也忍不住了:“妈妈，尼娜现在怎么样？”

母亲说:“她死了，前几天被德国人绞死了，说她与莫斯科有联系。在一个伞兵的衣兜里发现了她的照片，看来是派人和她交换情报，审讯时她一声不吭，没有出卖任何人。”

……列昂尼德走在河边的路上。

夏天渐渐逝去，接着是秋天、冬天……而列昂尼德仍在失去尼娜的这条路上，走着……

（鲍·萨琴科）

抬头，我们同在一片星空下

即使我俩分开，我们依然靠得很近。抬头看看，我们同在一片星空下。

金·马歇尔一生下来就得了纤维性囊肿，这是一种致命的不可治愈的障碍性遗传紊乱，医生断言她活不了多久。而金的母亲拼命地想使孩子活下来，便把她抱回了家。每天她和金的祖母都要拍打婴儿的胸部三小时，以驱散淤积在她肺部的黏液。医生说，这治标不治本。

出人意料的是金竟然顺利地成长起来。她上了小学，还参加了芭蕾舞班，加入了女子足球队。这个时候，金的母亲觉得她和正常的孩子没什么区别。她想象着金能够像正常女孩一样进舞蹈学校。

但医生告诉她病情的缓解只是暂时的。这种病像个凶残的杀手，势不可挡，尽管治疗和药物能减轻病痛，但患者的平均寿命一般只有 29 岁。

不出医生所料，金的身体状况就像充满了气的皮球被戳了一个洞似的，很快就瘪了下去。父母把她送进医院。从此开始了一种周而复始的状态：在纤维性囊肿治疗中心住上一阵，换来几个月病情的缓解。再病重，再住一阵院。每次住院金总带上她的玩具动物，她喜爱的粉红色毯子和日记本。每当周围有孩子死去时，她就写下自己的感想："温蒂早上 8∶10 死了，昨晚她受了一夜的罪。这样也许对她更好些，可怜的小东西。"

终于，在中学的最后一年，由于她身体太虚弱，她只好休学。这段时间她情绪极低，只是把《蓝色环礁湖》看了一遍又一遍，那是一部关于一对青春少年被困荒岛，坠入爱河的故事。

大卫·克伦索第一次注意到金是在那年的春天。当时，他俩都在治疗中心住院。19 岁的金瘦弱苍白但很漂亮，红色的长发披散在粉红色的睡袍上。21 岁的大卫，身着松松垮垮的 T 恤衫，褪了色的灰色睡裤，一副大眼镜用胶布粘在一起。

"她看都没看你一眼。"一位医生注意到大卫目不转睛地看着金的时候对他说。很难想象他俩之间会有什么共同点。金喜欢高档香水、化妆品和服装。她可以成天待在病床上读言情小说。大卫呢？他粗犷大方，在治疗中心简直就是个传奇人物。他常做些人们以为这类病人做不到的事情，比如开着车在当地很脏的街道上狂奔，比如他经常恶作剧地在医院 3 楼上举行轮椅车赛、西红柿投掷比赛等。大夫说："他身上有一种不可磨灭的活力。"两年来，大卫经常走过金的病房门口，鼓足了勇气走进去道声问候。金则总是抬起头来看看他，报以微笑，然后又继续埋头读书。即使他出了院还打电话询问金的情况。

医生们知道，年轻的病人往往会在治疗中心尝到初恋的滋味。别人也许会想这些纤维性囊肿患者病成这样怎么还对爱情感兴趣。实际上，他们其实是想以此证实自己还充满活力。那年秋天，他俩都出院住在家里，大卫给金打电话，邀她出去吃晚饭。金拒绝了。大卫却说："我晚上 8 点到，别找借口。"金有些害怕，便带着妹妹一起赴约。在车上她甚至让妹妹和大卫坐在前排，而自己却一声不吭地坐在后排。那天晚上金总是默默无语。尽管这样，大卫还是不断地在金的家里露面，他们一起打保龄球，他带金去看他开赛车。爱情之花终于盛开了。金在日记中写道："今晚，我和大卫第一次接了吻。上帝啊，请让我们的爱情开花结果吧。"

初次约会后的第六个月，金和大卫宣布了他俩订婚的消息，这使亲友和医生都大吃一惊。大卫的父亲恳求儿子重新考虑他的决定："你们俩照顾不了自己。"金的母亲则对女儿说："你难道不知道你俩总有一个要先死在另一个的怀抱里吗？"

金和大卫坚持认为他们有权利结合在一起。也许是因为她意识到这是自己第一次也是最后一次恋爱了。

那年，21 岁的金·马歇尔摇摇晃晃地沿着教堂的走廊走向大卫，在众多纤维性囊肿病友的面前宣布了她对大卫的爱。就这样，金和大卫在病友们的咳嗽声中完成了婚礼。

这对新婚夫妇搬进了一所简陋的、只有一间卧室的公寓。他们靠残疾补贴金维持生活。他们的家简直就是个病房，堆满了氧气瓶、药瓶和一个装满静脉注射液的冰箱。家务活对他俩是个大难题。打扫房间和洗衣服他们都得花整整一天的时间，到了晚上，他们累得精疲力竭。但是他们比原来所想象的还要幸福得多。大卫给金取了个绰号叫“老虎”，因为金的头发是红色的。金则管大卫叫“熊”，因为他总喜欢像熊一样地拥抱她。大卫送贺卡给金，上面的话写得越痴情越好。这样金就会给大卫大篇大篇地写情书。

为了挣点额外的收入，大卫开始修理赛车，并在一所大学上会计班，争取拿上会计学位。他的朋友警告他，这样的节奏对他是不合适的。大卫却说：“为了金我必须得这么干，我的生活中如果没有她就没有一切。”

第二年，金的静脉开始萎缩。由于她的身体已经不能通过消化系统吸收食物，她的体重开始迅速下降。她变得羞于见人。“老虎，”大卫给她写道，“你是我认识的无论是心灵还是外貌都是最漂亮的女人。我全心全意地爱你。”金经常去医院，大卫总是陪伴在她的身旁。她住院，他就睡在她病床旁的吊床上。为了逗她开心，大卫就用车推着她去妇产科看那些新生婴儿。如果半夜里金想吃糖果，大卫就奔出去给她买些回来。没想到，金的身体奇迹般地恢复了。她又回家了。

但是，第三年年初，大卫的病情恶化了。他咳嗽得越来越厉害，脸也肿了起来。最后他得靠氧气机呼吸了。

大卫安慰金说，没什么值得担心的，他只需要恢复体力就行了。他没把最近一次的体检结果告诉她：“肺已经变硬，支气管也开始封闭。他正在慢慢地窒息而死。”

这是一场与时间的赛跑。大卫不想浪费每一分钟。为了庆祝他 26 岁，金 24 岁的生日，他执意去佛罗里达度假一周。那是他俩唯一的一次感觉良好、可以离开公寓在海滩上的散步。金的妹妹曼蒂陪他们一块去的。曼蒂说:“他俩戴着氧气袋,手拉手地坐在海滩上。”

三个月后,大卫去做了一次体检,金在一个房间里等待。医生对大卫说:“你得住院了。这次会住得很长的。”这时大卫只说出了一句话:“一定要保证金没问题。”

大夫穿过大厅把真相告诉了金。金低下头竭力地想抑制住自己的哭声。“大夫,别让他太难受。”她说。这位大夫在他从事纤维性囊肿诊治的 30 多年里,目睹过 400 多个年轻患者死去。为了保持头脑冷静,他尽量从感情上与大卫这样的患者保持适当的距离。但这一次,他把金抱在怀里,潸然泪下。

大卫住院了,金坐在他的病床旁边,她写了一封信给医疗界的权威专家,请求他们考虑给大卫进行肺移植,这是治疗有些纤维性囊肿病的最后一招儿。但她还没来得及写完它,大卫的嘴唇和指甲已经变绿了。

“大卫,还没完呢。”她说。大卫说不出话来,就用口型说:“我爱你”并给了她一个吻。金和大卫交换了一个悲痛而充满爱意的眼神。过了一会儿,大卫就离开了人世。

在大卫葬礼后的 24 小时里,金处于休克状态。一周以后,她去了医院。检查之后,大夫竟然提出了一个完全非医学上的诊断:“她的身体已经不起作用了,好像因为心碎而正在死亡。”

金半昏迷了两天后,慢慢地苏醒了过来,睁开眼睛,开始用一种平静的,细细的声音说些谁也听不懂的话。她好像是在和大卫说话。接着她闭上了眼睛,永远地走了。

金穿着结婚礼服，被埋在了丈夫身边。墓碑上写着：大卫·克伦索与金·克伦索永远在一起。

几周以后，金的母亲收拾他俩的遗物时，发现大卫临死前给金的最后一张卡片。上面写着："即使我俩分开，我们依然靠得很近。抬头看看，我们同在一片星空下。"

（帕克）

爱她，所以离开她

他如此望我一眼时，我居然会有种凄美而心痛的感觉。当然这是心里最深最深的秘密。

从初中起，安冬就是我的同桌，他爱玩爱闹，成绩却很好。中考时，安冬的分数远远超过了他所报考的那所中专，然而最终却被拒之门外，原因是他有先天性心脏病。但在我们眼里，他骑车、游泳、爱唱爱笑，比"健康人"还健康。

高中时我和安冬竟然又被分在同一班，这令我们开心不已，自作主张地搬到一起又做起了同桌。平时我话不多，可是跟安冬在一起却滔滔不绝，又笑又闹。他常常约我们几个好友去米江边散步，走在暖洋洋、白茫茫的河滩上看芦苇随风轻舞，碧水依山低唱，这时安冬还会无比兴奋地高歌几曲。

那时我是个爱做梦的小姑娘，在我心里，安冬不知什么时候已经成了我想象中的偶像。他英俊、活泼、聪明，尤其是他经常阳光灿烂的笑脸让我心动，有时他也会偶尔掠过一丝别人不易察觉的忧郁，他如此望我一眼时，我居然会有种凄美而心痛的感觉。当然这是心里最深最深的秘密。

高二时的一天，我无意中翻安冬的笔记本，最后一页居然写着："爱她，所以离开她。"我一看，莫非安冬对哪个女孩倾心了？我装作好奇、活泼的样子对他嚷："快快从实招来，是哪位？"不料安冬却沉下脸很烦躁地说："你干吗乱翻我的东西！我抄的一句歌词，关你什么事！"同学们都诧异地望着我们，我第一次被安冬如此冷落，又恼又气，不再理他。第二天一早到学校，发现安冬已自作主张地和别人换了位子，少女的矜持与自尊，使我装作对他的举动无动于衷，而且跟我的新同桌很快打得火热，其实我心里很难过。我有时想，那句话是不是对我而言呢？可很快就骂自己自作多情。我们也慢慢疏远了。

不久，一向成绩优异的安冬却突然宣布退学了，他说："我早就想赚钱了。赚钱，是一种责任，懂不懂？我要接管我哥的小百货商店，以后各位读大学缺钱，找我就是！"安冬经营那家小百货商店后，还真的赚了不少钱，他出资把家里，尤其是父母的房间装修得很豪华，被我们县许多人称为有出息的孝子。

后来我考上大学，偶尔想起以前的那个白马王子的梦想，感到十分可笑。安冬偶尔会给我打一次电话，我庆幸从没提起过曾崇拜他的事，要不多尴尬！

大学三年级的一个雨天，安冬的姐姐居然出现在我眼前，显得很憔悴。她告诉我："你知道吗，我弟弟有先天性心脏病，治愈率只有千分之二，医生曾说他很难活过二十岁，这一点弟弟十三四岁便知道，但他一直很坚强，一直是最合格的好儿子、好弟弟。他曾经告诉我他非常喜欢同桌的一个好女孩，当然这不能告诉她，她是一个那么脆弱的女孩。”

我无比惊讶地望着她。她却开始流泪：“弟弟两个月前已经去世了，他曾经写过一本日记，扉页上写满你的名字。弟弟独自忍受了太多的痛苦，我希望当他在另一个世界时，他的内心能让他的好朋友知道并理解一点点，所以我想把这本日记送给你。”

我接过那本日记，下意识地一翻，突然我看见了大大的我的名字，后面是一句话：“爱她，所以离开她。”

心灵的距离已经远去

他怔住了，片刻后，他却笑了，不顾她的反抗，把她拥入怀中。

嫁给他时，她的心已是千疮百孔。爱情曾耗去她全部的激情，那人还是背叛了她，让她心如死灰。

年龄渐长，独身的念头慢慢被身边平淡而幸福的夫妻打消，同事介绍了他——一个普通的电气工程师，老实憨厚，薪水一般。

平静的约会，拜见双方父母，买房子，布置家居。新居都是他打理的，她很少发表意见，客客气气，温文尔雅。

他说：“这是你的家，总要有一样你自己喜欢的东西吧。”

她选择了葱绿色的窗纱，在葱绿色的窗纱前，她流泪了。他不知所措地抱住她，她却挣脱了，他的心被刺了一下，她拒绝伤痛时的拥抱，同时也把他拒在了心门之外。

他们还是结婚了。

她一早起来，给他煮牛奶、烤面包，下班后，早早地回家，笑容温婉，但他依然觉得不能靠近她。他并不追问，因为他明白，爱，是给对方最大的空间，是一点点体温的浸润。

公司要加班，她打电话告诉他。他说好，再没别的话。半小时后，公司的门卫打电话叫她下去。

他拿着保温瓶，里面是小米百合粥。他笑着说："我炖的，一直焐着。这两天你的胃不好，还上火，不能吃外面的盒饭。"她接过来的，还有毛衣和伞。

在他转身离去的一瞬间，那个背影如同和煦的阳光，照进了她的心房。

年终，公司开庆功宴，他一杯又一杯，胃烧灼般的痛，然后到心，心也烧灼般的痛。同事把他架回来，他烂醉如泥，吐了一地，躺在地板上，呼呼睡去。

她用力推他，拿来干净衣服，帮他换上，再用温水给他擦脸。半夜里，他一次次呕吐，她一次次倒茶。他又胡乱睡去，她却惶恐起来。他呕吐得那样厉害，会不会出事？

她记得姨父就是因为喝酒过多，造成急性胃出血，送到医院，已经来不及了。她还想起有一个邻居酗酒如命，最后得了肝硬化。所有不好的后果都涌进思绪里，她几乎一夜无眠。

清晨，他醒来时，一切都好。看着她满是血丝的眼睛，他过意不去，拉她的手，她却一巴掌打开，歇斯底里地骂他，激烈的程度是他从没见过的，她的泪奔涌而出。

他怔住了，片刻后，他却笑了，不顾她的反抗，把她拥入怀中。

他知道，心灵的距离已经消失。她的心对他已经不再设防。相敬如宾不是爱情，爱是心痛，是使小性子，是毫不掩饰，是蛮不讲理，是泪水和欢笑。

因为不舍，所以原谅

爱是火热的友情，沉静的了解，相互信任，共同享受和彼此原谅。爱是不受时间、空间、条件、环境影响的忠实。爱是人们相互取长补短和包容对方的弱点的过程。

人人都说小美是个太工于心计的女孩子，会在不知不觉里，将你的好学了去，将你的宝贝夺了去，你还温柔地笑着谢她，觉得她是个无法不让人怜惜疼爱的女孩子。偏偏我是个思维简单的人，从来没看出小美的品质有多么的“恶劣”。倒是觉得和她在一起，每天都有快乐可寻，单调的生活，也因此变得有滋有味。所以任别人怎么劝，还是每天早早地起来去图书馆帮她占座，又将她喜欢的豆浆和油条买好了一路小跑地行至她宿舍楼下，对着五楼的一个窗户，像食堂师傅似的大喊开了：“小美，吃早饭啦！”

听到喊声的小美，总是穿着性感的睡衣便蹬蹬蹬地跑下来，倚在楼门口温柔地唤我“阿宝”。等我在门口站定了，她便啪地亲我一口，这才甜笑着接过早饭，喊一声“在图书馆等我”，之后便小鹿一样轻快地跳上楼去了。我总是边听她远去的脚步声，边意犹未尽地回味着刚才那个甜蜜的吻，而后坐在楼前的台阶上，一直想到她收拾好了，清清爽爽地出来为止。

小美从没有向我提起过她的家庭。偶尔我问起，她也是含糊其词，说他们只是普通小镇上的工人，在她的人生道路上，他们几乎不能给她任何的帮助。说完便又笑闹着过来，拧我耳朵，说怎么又不听话，问她不喜欢的问题。怕她真的生气，我就呵呵笑着边道歉边挠她的痒，直挠得她喘不过气来，直到在我怀里笑得流出了眼泪。那时的小美，总让我觉得心疼，尽管知道那眼泪是笑出来的，可还是会掏出手帕，小心翼翼地帮她擦掉。

小美有和其他女孩子一样的虚荣，爱漂亮的衣服、首饰，可爱的甜点，买很贵的化妆品，听小资味十足的音乐。这些，无一例外地都需要钱来打理，我唯有靠打工和稿费一一地将她的愿望满足。小美欣喜若狂地接受这些礼物时，除了习惯性地给我一个热吻，还会在我不注意的时候，偷偷在一个小本上将礼物的名称及价格记下来。有一次被我撞见了，她的脸竟是微微有些红，但，随即跳过来冲我撒娇："不准生气哦，这是我的习惯，要将每一份爱心记下来，以便永远地刻在心里，不忘回报。"我的心，突然地有些痛。我说："可是小美你怎么不明白，我为你所做的一切，都是不需要回报的，哪怕是有一天你伤了我的心，或者，你永远不再爱我。"

认识小美这么长时间，她第一次这样紧地抱住我，不哭也不闹，只是把小小的脑袋，很安静地靠在我的胸口，像个温驯又无助的小兽，用温柔的牙齿，轻轻啮咬着我的心。

考研成绩下来的时候，院长也找到我，希望我能留本院工作，边辅助他处理好日常事务，边读本院的研究生。这样好的机会，比起去北京读研，当然是人人都想要的。一个从小城市来的学生，在别人都正为一份工作头破血流地竞争的时候，却一下子被这样的幸福击中，是连我自己，还有小美，都大大地吃了一惊。

但小美并没有跑来向我祝贺。她的考研成绩，没有任何的希望；工作，亦是没有着落，甚至连留在这座美丽的海滨城市的可能性都是渺茫。那一段时间的小美，终日寻不着她的影子。有时同宿舍的哥们儿说看见她了，身边陪着的，却是举手投足里都极气派的陌生男人。男人眼神里的暧昧，任是定力再强的女孩子，也逃不过。我的心，在别人轻描淡写的叙述里，痛得厉害。我终于发短信给小美，回复的都只有冷冷的几个字：我在校门口的茶吧里等你。

见面后小美说的第一句话，亦是冰一样的凉："祝贺你哦，终于有了美好的前程；离抱得美人归的时辰，怕是也不远了。"我不看她，说："可是如果没有你，再好的工作，又有什么意义？"

"这样好听的话，说了又有什么用？我们上得了一块儿去吗？你又舍不得将这份工作辞掉，或是，让给我……"

我愣愣地抬起头，看了小美足足有一分钟，终于努力地说服自己，对着一脸漠然的小美，轻轻地说了一个"好"字。

我将这个决定说给院长的时候，他几乎吓了一跳。他说："你真的想好了吗？这样的险，不是轻易可以冒的。而且三年后，你研究生毕业回来，院里说不定已不再需要你。况且她值得你那么信赖地将整个前程交给她吗？一个人的心，不是那么容易就可以让你看清的。"

这样的劝告，我不止听了一次，但还是在院长第三次打来电话让我重新考虑时，微微地笑着说了一个"不"字。

毕业前的那两个月，每天都有疯狂的节目上演。我和小美也不例外。我们将这座海滨城市的角角落落几乎都逛遍了，我们在不知名的山顶的松树上，刻下两个人的名字，又用一个大大的心形图案圈起来；我们还在海边写下各自的爱与恨，然后站在远远的礁石上，看海浪一阵阵地涌上来，将这些不肯讲给对方听的秘密，一一地冲刷掉，不留任何的痕迹……

坐火车离开这座城市的时候，我没有让小美送行。她有许多的工作要做，亦没有坚持来送。短短的两个月，她就用她的聪慧，博得了书记和老师们的赏识，甚至有领导要力荐她进校长办公室去工作。如此多的光环，终于让我在她的心里，慢慢地暗淡下来。

小美说："三年后我等你过来。"可是她不知道，因为一点小小的意外，我终没有通过研究生的复试，唯有回家乡那座小城，去做一名普通的中学老师。

几个月后，我收到一张五千元的汇款单，附言栏里写着：这是一个女孩记住爱的方式，如果你会原谅，就请收下这份小小的回报和歉意。

我将这份汇款单，随手丢在抽屉里，而后请了假，出去散心。火车最终在小美的家乡停住的时候，我的心，竟是很奇怪地慢慢安静下来，像那碧蓝的天空和澄澈的山泉，清透，沉静，恬淡，美好。

我踏遍了小美对我讲过的所有的小巷和街道，还有她毕业的那所中学，在那里，我碰到一位白发苍苍的老者，她对这所学校里走出去的优秀的学生，一个个如数家珍。她说："你问的这个林小美，真是个可爱又奇怪的孩子，她让每个人怀疑，却又让每个人那么强烈地想要帮助她。"

"她的执着与好强，让人惊讶又令人心疼。幸亏她飞出了这个小城且有了好的工作，可以让她瘫痪在床二十多年的父母，还有痴呆的弟弟，读中学的小妹，终于有了一生的倚靠和支撑……”

我很快便坐火车返回去，将那份汇款单里的钱取出来，买齐所有考研所需的资料，在这个淡如水、明如镜的秋天里，为一份不确定是否还能追回的爱，埋头苦读……

（安宁）

爱情的气质

爱情不会因为理智而变得淡漠，也不会因为雄心壮志而丧失殆尽。它是人的第二生命。它渗入灵魂，温暖着每一条血管，跳动在每一次脉搏之中。

她和他走在一起让人们能够想到的只能是“郎才女貌”，但人们并不看好他们的爱情。原因很简单，她出身于一个书香世家，他却是一个教书匠，这对于战乱的炮火尚不能炸毁门第观念的年代，无异于横亘在他们之间的一道天堑。还好，她的父亲总算开明，只坚持一点：他要用一场气派的婚礼体面地迎娶她。

为了能够早一些成为他的新娘，他们订婚后，她决定去东北大城市工作，期待哪一天能和他同心协力，赚取父亲要求的体面气派的婚礼。挥别洞庭湖的温婉轻唱，她坐船出沅水，过洞庭湖，顺长江而下。这一别可能不知何时才能回来，她满眼满心是泪，泪花中是他在码头上追逐相送的嘶喊：“我等你消息！”她一遍遍在心里回应着：“等着我，等着我……”

行至泰山脚下，因战事与时局发生变化，她再也无法前行。进退两难之中，她只好在朋友的帮助下，留在当地一所学校开始教书。本想等她到东北有了稳妥工作再追随而至的他，听到这个消息只好放弃了北上的计划，等待时机。山水相隔，两人频频鸿雁传书，以慰相思之情。

两年后，随着人民解放事业的炮火，他投笔从戎，下潇湘，渡漓江，到广西。最初，两人还有联系，但他居无定所的军旅生涯加上她几经转换工作，两人终于失去了联系。在中华人民共和国成立初期，他因为多种说不清的“历史问题”被定性为“历史反革命”，被发配到一家工厂管理仓库。她一封封地给他写信，但信都被一封封地标注上“查无此人”而被打回。

“蝶去莺飞无处问，隔水高楼，望断双鱼信。”她不知道他发生了什么，她坚信他不会背负于她，坚信他不会殒命战火，坚信他在等待着她。岁月一点点地蚕食着她的青春，她却依然形单影只。面对好心人的牵线搭桥以及一个又一个追求者，她淡然又坚定：“‘刘郎已恨蓬山远，更隔蓬山一万重。’对于我的刘郎，我就是‘生要见人，死要见坟’。”

16 年后，在北方苦寻无果的她，南归寻夫。

因为没有了工作，回到家乡后，她只能靠给人打零工或捡破烂维持生计，这并没能阻挡她寻找他的脚步，无奈仍旧没有他的丝毫音信。“文化大革命”的风潮中，她被下放到一个偏远的山区务农，而他也被遣送回老家的一个村子。近在咫尺，却又无音相通。当时的情况让他们再无力寻找彼此，但牵挂与思念丝毫没有在他们心中褪色。

“断雨残云无意绪，寂寞朝朝暮。”

历史的车轮碾过泥沙枯草，她恢复了清白，他也得到了平反。他们想到的第一件事情就是：寻找对方。寻找、寻找……苍苍岁月，茫茫人海，不知道对方是生是死，但坚信对方只要活着就一定在等待着自己。终于，在分别 40 年后，他们在家乡的小城重逢。四目相对，泪眼模糊。隔着 40 年的分别与流变，他未娶，她未嫁。

隔着 40 年的思念和等待，74 岁的他和 66 岁的她终于手挽着手走进了婚礼的殿堂。婚礼仪式上，他对她郑重地许诺：“我至少还要陪伴你十年！”

她叫余琦，是当代著名作家丁玲的亲侄女，他叫刘自平。余琦在和刘自平共同生活了 19 年后于 2005 年病逝。2006 年，有记者采访已经 94 岁的刘自平怎样评价他这一生。是呀，经历了那么多的磨难坎坷，经历了那么久的寻找等待，相守却如此短暂，他是不是会感觉到不满，是不是会感觉到忧伤？

“我这一生是幸福的，满足的。”刘自平说着，满脸的明媚光鲜，满眼的神采奕奕。

刹那间，有一种感动穿透心灵：是老人那爱情的气质。在这爱情的气质下，喧嚣与浮躁在红尘中渐渐散去，世界清明而纯净。

（澜涛）

第四辑

浪漫无处不在

放开自己

当音乐响起时，一个梦幻般的舞步开始了。他们开始围着房间跳舞，米丽忘了别人在看他们，她忘了一切，只是享受着与他一起跳舞的美好感觉。

故事发生在米丽的好友杰娜的婚礼上。

那束花像巡航导弹一样朝米丽飞来。米丽试着要躲开，但它准确地落在了她的脚下。她不想拾起它，可整个婚礼上的人都朝她叫："捡起来，米丽！"

为什么会发生这样的事？为什么米丽不能藏起来直到婚礼结束？最后她意识到，这是已经布置好了的，她看到杰娜朝她眨眼笑着。她捡起花，人们安静下来。这时人们注视着新郎格来格，他正在把新娘的吊袜带扔给那些叫唤着的男人们。吊袜带被高高地抛在空中。画过一道弧线，消失在了男人群中。

米丽闭上眼睛，不出声地祈祷着：让吊袜带仪式赶快过去！多年前，有人发明了这个婚俗，将抢到吊袜带的男人配给那个得到花束的女人。大家都喜欢这样的事情，但她讨厌，她并不是那种擅长让人们大笑的女人。

米丽被领到新娘桌前的椅子上，米克正朝她走来。他握着拳，一条白丝带露了出来。他在她面前屈下膝，他的眼睛里有明亮的微笑。

“看我们两个多么走运，米丽。你读的书中提到过这个特别的婚礼仪式吗？”

米丽能感觉到自己的脸红了起来，“我知道该怎么做，并不需要太长的时间，对吧？”

“不需要很多时间，我们只要完成一个小小的把戏去娱乐客人们。将你的裙子提高一点儿，好吗？我要将这个吊袜带套到你漂亮的腿上，不然他们会把我赶出去。”

“噢，不！请不要！”

他将米丽的裙子提到膝盖处，开始将吊袜带慢慢地套到她的腿上。她的脸现在可能都变紫了，她得挺住！

婚礼摄影师开始拍照。米克对着镜头做种种鬼脸，米丽真羡慕他的表演才能。她的社交能力很差，她是个极内向的女孩，从不喜欢出现在公众面前。她最幸福的时刻就是独自在自己的房间里看书。

米克拍着米丽的膝盖：“平静下来，甜心。这只是让大家开心罢了。”

“我要离开这里。”米丽说。

但米丽站不起来，当她试着站起来时，那把金属椅子却滑倒了。米克也被绊倒了，倒在她的腿上，让她的裙子开到了大腿，人群开始大叫大笑。米丽试着推开他，但他太重了，她朝着他的耳朵喊：“我站不起来了！”

他轻轻地跳了起来，米丽匆忙站起，快步走开。她来到洗手间，锁上了门。她真不相信自己活着走出来了，而不是窘死在那里。

米丽回忆起在高中时的耻辱经历，尤其是那些男孩子的欺负，他们想方设法地骗米丽，偷走她的书包，将它放到快餐店的垃圾箱里，将裸体画贴在她的衣柜上，对她吹口哨。在她背后，他们叫她“板脸女王”。毕业后杰娜对她提到这件事时，她以为这只是个笑话。

“米丽，你得学会笑才行，你太严肃，太害羞了。”

“我生来就害羞。我也曾试着要改变，但做不到。”

杰娜轻轻地拉着米丽的手，“也许你只要放松一些，不为别人怎么看你而发愁，你就能更好地享受生活。”

“我会享受生活，但那得在书里。我不是一个隐士，你知道，我只是不擅长谈风趣的话。”

想起那次谈话，米丽微笑起来，但她必须面对现在的情况：他们在等着她回去。她必须赶快离开这里，以后再向杰娜道歉。她解开了所有的发夹，让头发披到肩上。跑到大厅边，躲在走廊里，只要能到门口，她就能跑到停车场去。

这时，米丽听到了外面有男人的声音。她看见了另一个出口，但她没有跑出去。

米丽好奇的是，男人们在一起时会谈些什么呢？她贴到门边，想听听他们的谈话。

“嘿，米克，你在外面做什么？”

米丽听出了那声音，是凯文，他在中学时是最大的魔头，就是他把米丽的书包扔到垃圾箱里的。他在这里与米克做什么？

“只是出来透透气。”米克说。

“靠近‘板脸女王’会让每一个男人透不过气来的。”

米丽听到凯文笑得像条土狼，“嘿，米克，‘女王’的大腿怎么样？那双腿看上去并不坏。”

“行了，凯文，我不想谈这件事。”

“不用害怕，伙计，我打赌那双腿又柔软又光滑。你没有偷看一眼吗？”

“别胡说了，为什么你总要这样谈她呢？她是个好女孩，我们在同一个地方工作。”

“不幸的是你把她吓跑了。”

听到他们向门口走来，米丽跑回了洗手间。一旦他们回到大厅，她就能离开，等杰娜蜜月过后她再见杰娜。

米丽开始扣上大衣，她很高兴马上就要离开这里了。她从没有听过任何人替她说话，为什么米克要这样做呢？他从没有仔细地看过她，在他们的教师聚会上，除了她所有的女人都愿意跟他说话，给他送咖啡，她没这样，可能是因为她同他无话可说。

米丽听到乐队开始演奏了。杰娜很快要与她的新郎跳舞了，而她也要开着冰冷的汽车寂寞地回家了。

米克该做什么？突然那吊袜带又回到了她的脑海里。按规定她是要与米克跳舞的，每个人都期待着这件事，可她却要回家了。她想自己欠了米克的情，他在那讨厌的凯文面前替她说好话，而她却要溜走，扔下他面对其他客人的嘲笑。这对他来说太残忍了！

也许有一天米丽能够做到面对人群，克服她的羞涩症。毕竟藏在公寓里是不能解决问题的，总有一天她要面对世界，总有一天她必须这么做，也许就是现在！她决定了。

米丽要到米克那里，一起欢笑，然后疲倦地回到安静寂寞的生活里。

当走进明亮的房间里时，米丽深深地吸了口气，朝杰娜挥挥手，看米克在哪里。他正在与鼓手聊天。她走上前去，试着将满是汗水的手放在他的腰上，却并没有隐藏她脸上的害怕。

“嘿，米克，我想这该是我们的舞曲了。”

米丽屏住呼吸，万一他让自己走开怎么办？但他伸出胳膊，微笑着。

当音乐响起时，一个梦幻般的舞步开始了。他们开始围着房间跳舞，米丽忘了别人在看他们，她忘了一切，只是享受着与他一起跳舞的美好感觉。

“只有一个问题，米丽，为什么你回来了？”

米丽感觉到自己再一次脸红了。现在是需要勇气的时候了，也许她能做得更容易一些。“老实说，本来是要走的，但我无意中听到了你在凯文面前替我说话，我不能把你一个人扔在这里，大家都会讥笑你的。开始我还害怕你会生气，不和我跳舞……”

米丽说不下去了，因为他在吻着米丽的脸。

“我得向你坦白，是我、杰娜和格来格一起策划了这个吊袜带的游戏。我想和你跳舞，但我知道如果我邀请你，你一定会摇头的。”

米克紧紧地搂住米丽。她闭上了眼睛，他是对的，要按她原先的想法，她绝不会与他跳舞。但那是在她决定控制自己的羞涩之前，在他成为她的骑士之前，在她决定与他永远跳舞之前。

（米丽）

朋友，别只有希望

他郑重地对我说了一句话，正是这句话改变了我的人生。他告诉我说：“朋友，别只有希望……要有决心！”

那天，当我在俄勒冈州波特兰机场等待接一个朋友的时候，我获得了一个足以改变生命的经历。它发生在距离我只有两英尺远的地方，是我蹑手蹑脚地靠近别人偷听来的。

当飞机降落以后，我立即睁大了眼睛，努力地在纷纷走下飞机行走在航空旅客桥中的旅客之间寻找着我的朋友。但是，我却注意到一个提着两个轻便袋子的男人正迎面向我走了过来，然后在我身旁迎接他的家人面前停了下来。

他一边放下手中的袋子，一边先向他最小的儿子（可能有 6 岁）打了个手势，示意他过来。小男孩扑进爸爸的怀里，两人紧紧地拥抱在一起，那是怎样的一个长长的、动人的、深情的拥抱啊！他们松开后，两人还互相凝视着。这时，我听到这位父亲说："见到你真是太好了，儿子，我是多么想念你啊！"他的儿子有些羞涩地笑着，目光转向一边，轻轻地答道："我也是，爸爸！"

然后，这个男人站起来，凝视着他的大儿子（大概有 9 岁），并且把儿子的脸捧在手上，说："你完全是一个小伙子啦，扎克，我非常爱你！"他们也深情地、温柔地拥抱着。他的大儿子没有说一句话——一切尽在不言中了。

看着眼前发生的一切，一个小女孩（可能是 1 岁多一些）也开始在她母亲温暖的怀抱里兴奋地蠕动着，她那小小的眼眸片刻也没有离开过刚刚返家的父亲，这是多么美妙动人的情景啊。此刻，这个男人深情地看着他的小女儿一边招呼道："嘿，小女孩！"一边把她从母亲的怀中轻轻地接过来。他飞快地吻遍了她的小脸，并且把她紧紧地贴近自己的胸膛，身体也左右摇摆着，晃动着。小女孩立即放松下来，静静地把头靠在他的肩膀上，那样子显得非常地惬意和满足。

良久，他把女儿交给了他的大儿子抱着，并且郑重地说道：“我要把最好的留在最后！”说完，他张开双臂，紧紧地拥抱了他的妻子，并且给了她一个我记忆中从未见过的最长、最热烈、最温柔的吻。然后，他深情地凝视着她，几秒钟之后，他静静地说：“我非常爱你！”就这样，他们互相深情地凝视着对方的眼睛，手拉着手，幸福地微笑着。

看着他们那亲热、幸福的样子，我甚至觉得他们可能是刚成家的新婚夫妻，但是，这显然是不可能的。我感到迷惑不解，然后，我突然意识到自己已经完全被这美好的情景吸引住了，因而我感到有些不自在，好像自己是一个未经允许就闯入他们这神圣私密空间的侵略者，然而更加让人吃惊的是，我竟然听到自己那紧张得有些失真的声音在问道：“哇！你们结婚多长时间了？”

“哦，我们在一起生活已经十四年啦，结婚也有十二年啦。”他答道，眼睛仍旧在深情地凝视着妻子那美丽的脸庞。

“那么，你离开家有多久啦？”我继续问道。

终于，这个男人转过身，脸上仍旧洋溢着快乐的微笑。他看着我，说：“整整两天。”

两天？我不禁大吃一惊！从他们这样热烈、深情的问候来看，我几乎就已经确信他离开家即使没有几个月，至少也有几个星期了。他们的感情让我羡慕万分，我说：“我希望我的婚姻也能像你们一样，在十二年后依旧充满热情！”

听我这么一说，这个男人脸上的笑容立刻消失了，他直勾勾地注视着我，仿佛能看到我的灵魂深处，然后，他郑重地对我说了一句话，正是这句话改变了我的人生。他告诉我说："朋友，别只有希望……要有决心！"说完，他的脸上又洋溢起了灿烂的笑容，他伸出手和我轻轻一握，真诚地说："愿上帝保佑你！"然后，他和他的家人一起转过身，精神饱满地迈步而去。

我默默地目送着这个特别的男人和这个特别的家庭远去，直到看不到他们的身影。这时，我的朋友来到了我的身边，疑惑地问道："你在看什么？"

我没有回头，目光仍旧眺望着远方，但是，我却以一种不寻常的、坚定的信念毫不犹豫地答道："我的未来！"

（李威）

鞋

大家听了娟姐孩子的话，都震惊了：我们平常怎么不在意这双皮鞋呀！这双鞋的确是她亡夫生前穿的那双哩！

娟姐五年前便死了丈夫。丈夫死得很不值，据说是为了回头捡回一只失落的皮鞋被汽车撞死的。就因一只失落的皮鞋，丈夫便丢下一个两岁的男孩离娟姐而去了。

丈夫死时，娟姐好悲痛好伤心，恸哭了三天三夜，眼睛肿得像个灯泡。三天三夜没吃饭，是好心的邻居劝说她即使不为自己着想也要为孩子着想，娟姐才鼓起勇气吃饭的。娟姐确实是为了孩子才有勇气继续活下来。娟姐和丈夫从小青梅竹马，婚前双双发过誓：生为爱情生，死为爱情死。但为了孩子，为了丈夫的根，她不得不活了下来。

五年来，娟姐含辛茹苦地带着孩子生活，日子挺艰难的。好心的人见了，都劝娟姐，找个合适的再婚吧，这样对孩子的生活也许会好些。娟姐却摇头说："我能自己带大孩子，孩子是他的根。"人们听了娟姐的话，无不为她的忠贞而感动，无不为她的坚强而佩服。

更难得的是，娟姐不但勤快节俭过日子，而且守妇道，从不跟男子献媚送秋波。她自知寡妇门前是非多，因而循规蹈矩过日子，街坊四邻无不赞颂她的人品端正。

街坊倘若有哪位妇女有逾矩的行为，其丈夫或家婆必是这样说："你学学人家娟姐吧，又勤快又规矩！"

娟姐好怀念她的丈夫，每逢农历初一、十五，她都为丈夫上香，让她的儿子向亡父叩头。娟姐晓得丈夫珍惜她送给他的那双皮鞋，便将那双皮鞋工工整整地摆放在门口的香炉前，企盼他走得轻松，也企盼他无牵无挂，鞋在家还在。

近段时间不知撞了哪门子的邪，街坊邻里常失窃，昨天东家丢了鸡今天西家失去衣物，弄得人心惶惶。

邻居们怕再失窃，便加强防范，做铁门的做铁门，加铁窗的加铁窗，唯有娟姐无动于衷。人们便问娟姐："近期治安不稳定，你不怕盗贼入屋偷东西吗？"娟姐却苦苦一笑地说："我家一穷二白，贼进来能偷到什么？做一副铁门几百块，还是省着留给孩子上学好。"

听听，多么贤惠的好母亲，多么节俭的娟姐。邻居们无不为娟姐的精打细算而叹服。

一日，人们下班回家，全都为之大惊：家家户户的铁门都被撬了，家家户户都被洗劫一空。唯有娟姐的家安然无恙。

于是，大家便报警，公安局便来侦查，刑警队长一边侦查一边自语说：“盗窃之疯狂，盗贼手段之高明，是前所未有的事。”

刑警队长前后左右，家家户户转了一圈又一圈，最后站在娟姐家门前停下，自言自语地说：“为什么家家被盗，唯独这家完整无缺？”

是哩，而且被盗的都是装了铁门的，这家没装反没被盗。人们都觉得奇怪。

刑警队长眼睛一亮，点头笑着说：“问题就在这家有个‘护身符’！”

“什么护身符？”大家都不明白，都问。

刑警队长指着娟姐门前那双皮鞋说：“就是这双男士皮鞋。贼人见这家门口有双男士皮鞋，断定家里有男人，于是不敢进去盗窃。”

噢，原来是这样！大家都明白了。

大家明白之余，有好事者便提出了疑问：“娟姐家门口怎么有一双男士皮鞋？莫非……”

这疑问一被提出，立刻就被那些好事的妇女有机可乘，便借题发挥说：“娟姐肯定是在勾引野男人！”

一时间，“娟姐勾引野男人”的消息传遍了全城。人们都说，真想不到平常循规蹈矩的女人背后竟做出这样的丑事。

于是，娟姐每到一处，就有人指着她的脊梁说她是“淫妇”；她每到一处，就有人给她白眼，说她是外洁内脏的“风流寡妇”。

从此，娟姐出入再没人跟她打招呼了，也再没有人说她是个守妇道的贤妻良母了。她得到的是人们的冷眼、唾弃和讥讽。

娟姐心里好难受，但也只能低着头做人。

有一天，娟姐突然要搬家了。说是要搬回娘家去住，孩子要上学了，有外婆接送方便。

搬家的那天，有人见娟姐还提着那双男士皮鞋，便悄悄地问娟姐的孩子："那双男士皮鞋是哪个男人的？他常来吗？"

娟姐的孩子想也不想，便说："皮鞋是爸爸生前遗留下来的。妈妈天天都将它摆放在门口的香炉前，说一是怀念爸爸，二是可以防贼。"

哦?！大家听了娟姐孩子的话，都震惊了：我们平常怎么不在意这双皮鞋呀！这双皮鞋的确是她亡夫生前穿的那双哩！

大家觉得孩子的话在理，觉得冤枉了娟姐，错怪了好人，都感到很难过，都感到很对不起娟姐。但此时此刻，他们除了难过之外，还能做些什么呢？

（林荣芝）

有声音的布料

她目送着他远去。在她的双眸中闪烁着她心爱的人永远看不见的亮光……

凯那年 16 岁，很幸运被一家大商店招为学徒，在妇女专柜干活。所以他的手接触过各种各样的绸料。

女性在凯心中仍是一个谜，她们就像新闻影片中的画面一样，来去匆匆，一晃而过。她们来到商店，用手试试绸料的手感，付款，离开。这些对于凯来说，宛如虚幻的梦境一般，只在醒来后的记忆中残存那么一丁点儿。

一有空闲，凯就要望着商店的天窗，从那儿可以看见一方小小的天空。这天，门开了，一位女顾客走了进来。

她来到柜台边，凯卷着一捆料子。他问这位顾客是否要买某种特定的料子。

“对，非常特殊的。”她的声音很好听。

凯打量着这位顾客。她年轻，有一张活泼可爱的面庞，双眼闪烁着久久的、探询式的目光。

“我要一种做裙子的绸子，每走一步它都会发出响声。”

“那您最好买塔夫绸，”富有经验的凯建议道，“我们进了许多五光十色、艳丽多彩的塔夫绸，颜色要很特别的吗？”

“颜色倒无所谓，只要能听到响声就行。”

这可就别出心裁了，然而凯仍很有礼貌地说：“肯定能发出响声，这正是塔夫绸的特点。”

凯按照着她的示意把一些绸料展开给她看。她放下手套，轻轻地抚摸着，还把整幅的料子披在身上比试着，来回走动。

凯把一幅塔夫绸像一件拖地长裙般地放在她身后。

“能听见声音吗？”她问凯。

“嗯，”凯肯定地回答道，“听起来非常清晰。”

她买了 10 米，付款后就离开了商店。凯目送着她离去。忽然，他感到商店里变得空荡荡的，连那一小块天空竟也那么空旷了。那些沉默的丝绸包围着他，五光十色但却死气沉沉。

“快去追那位女士，”旁边的一位女售货员对凯说，“她把手套忘在这儿了。”

凯抓起那双兽皮手套，赶忙冲上了热闹的大街，那位女顾客带着东西正走在前边。

“对不起，这是您的手套。”凯上前彬彬有礼地说。

“你真是太好了。”她看见他的面颊因跑步而变得红扑扑的，眼睛在冬日寒风中闪着光。

凯情不自禁地问：“请您告诉我，您为何偏偏要买那种有响声的料子呢？请原谅我的冒昧。”

“这是用来做结婚礼服的。”她答道，“我的未婚夫是一个盲人，他虽然看不见我穿着这件礼服，但他可以听见。这样他就会知道，我永远在他的身旁。”

街上的人们来来往往，但没人留意这两个人。

“我不相信，”凯说，“您的未婚夫不可能是盲人。”

“不。他是在战争中失去了双眼。对这个可爱的世界，他珍藏着美好的回忆，但对我本人他从来没见过。”

“他看中了您，他不会是盲人。”凯依旧喃喃地重复着。

随后，凯转身急匆匆地走了。

她目送着他远去。在她的双眸中闪烁着她心爱的人永远看不见的亮光，那是一个阴冷的冬日，天空灰蒙蒙的。但她却想，当她一步步缓缓地穿过教堂时，他一定能听到婚礼长裙发出的响声。对一位盲人来说，生命之光不就在那细小摩擦的声响之中吗？

（弗里茨·冯·魏特克）

尘封的约会

人生难得一知己，最是难忘初恋时。

英国一家大公司的总裁凯泽先生和私人助理彼得来美国参加一个重要的商务会议。彼得不明白老板为什么非要到波士顿郊外的一个小酒馆里来，他问：“凯泽先生，听说您原先在美国学习过？”

“没错，三十年前，就是在这家酒馆里，我度过了一段难忘的时光。”

突然，凯泽的眼睛发直了，面色苍白。彼得顺着老板的眼神看去，只见一个老女人正在招待顾客，可以想象出她年轻时肯定很漂亮，只是现在太老了，头发凌乱，神情忧郁。

“您认识她吗？”

凯泽先生没有回答，喃喃自语：“变化太大了，变化太大了！”

老女人走过来：“二位要点些什么？”

彼得说：“四瓶啤酒。”

老女人离开后，凯泽先生回忆说：“她叫詹妮，三十年前，我离开英国来到波士顿求学，遇到了年轻活泼的她。我们双双坠入情网。那时候，我们爱得死去活来，经常到这个酒馆里来，最后私订终身。詹妮出身富商，我只是个穷学生，她父母强烈反对我们的婚姻，并登报声明与她断绝关系，最后，我们商量好我先回国，告诉我家里，顺便借点钱，回来接詹妮到英国结婚。在英国我写信给她，定时间老地方见面。她也回信说就按这个时间、地点，不见不散。”

“我在这个小酒馆整整等了一个月，她都没有来，我在焦急、企盼中度过了一生中最难熬的三十天……”

“凯泽先生，您后来就娶了咱们公司老总裁的女儿，是吗？我真羡慕您的运气。”

“人生难得一知己，最是难忘初恋时。”凯泽先生感叹。

彼得说："今非昔比，往事如烟。她好像已经认不出您来了。"

"先生，你们要的啤酒。"老女人走过来，"听口音你们是从英国来的吧？"老女人沉思着说，"很小的时候，父母曾带我去过，后来想去没有去成。整整三十年我就一直在这里，英国是个让人向往的地方。"这时她苍老的脸庞上掠过一丝红晕。

彼得问："这个小酒馆就您一个人吗？"

"三十年前，我用仅有的积蓄买下这家酒馆，凑合着经营吧。"老女人说。

"家里有没有别人？"

"我习惯一个人。"

接下来，两个人默默地喝着啤酒，付完账，走出酒馆。凯泽先生有些不胜酒力，彼得搀扶着总裁，问："你们当初定的是哪一天见面？"

凯泽先生掏出纸笔，写上"12 / 10 / 1967""我就是这样写的，10 月 12 日。"

"天哪，你们两个误会了！美国人习惯先写月后写日，詹妮一定以为见面是 12 月 10 日。"

"什么？我等了三十天，而她却苦苦等了我三十年！"

（约克斯）

原来，你是我生命中最重要的

在最接近死亡的时候，人才最明白自己的心。

那年，她22岁，是文工团的演员，有两只漂亮的大眼睛和两条修长的腿。她的男友，是一个边防战士，在中苏边境上。

追求她的人很多，其中有一个高干子弟，人长得英俊挺拔，亦很有才情，而且，想把她留在北京。她动心了，面对外界的诱惑，不动心是假的。

于是，她想到了分手。

正好，那年年底，有去他那个连的慰问演出，她报了名，她要亲口告诉他，别等我了。她是在风雪漫漫的夜晚出发的，天寒地冻，到达内蒙古时她已经冻得不行了。然而恰在此时，车陷在了泥泞中。

天际空旷，四处无人，只有这些演员，男同志极少，为了让车出来，他们去四处找石头往泥水里垫，往往要走很长时间才能找到一块石头，那时的她看到石头简直比看到金子还要惊喜！

当车终于出来时，他们欢呼着！她记得他在信中说过，车常常陷在泥水里面，所以他们常常去找石头，当时，她只感觉那只是一行文字，可现在，她身临其境，突然心酸起来。

他在信里还说，到这里，少说话，因为风太大，舌头会脱皮，她不信，一直给同志们唱歌鼓劲儿，结果，舌头果然脱了皮，疼痛难忍。

到达连队时她首先看到的是十几口大缸。他也曾在信中描述过，我们这十几口大缸特别壮观，一半是咸菜，一半是水。

那里离最近的水源也有60千米，所以，他们几个月都不能洗澡。另外的大缸里装着咸菜，他说过，那咸菜，是我们过冬的宝贝！整个冬天，我们就只能吃咸菜，放点儿香油，味道好极了！

在他的信中，从来没有抱怨，有的只是对这里的赞美。

可到这里她才发现，这里几乎连棵树也没有，飞沙走石，一片荒漠，可在他的信中，却写得这样美。他说过，是因为，我心里有一片风景，是你给我的，因为有你，我觉得这里的一切都是美的。

长河落日，大漠孤烟，如今她都看到了，再看到黑黑瘦瘦的他，一笑，露出洁白的牙齿，分手的话，她没有说出来。

夜晚风大，天出奇的寒冷，女演员都给了两床被子，她一直以为连队被子多，第二天才知道，为了让她们暖和一些，整个连队拿出了一半的被子给她们！而他，根本没有被子，就为了让她更暖和一些！

早晨，她们洗完了脸战士们才洗，早饭，有女演员抱怨太单调——咸菜、粥、馒头，还有一个凉拌菜和一碟花生米。可她明白，这已经是最难得的了，因为他说过，我们一天只吃两次饭，因为供给要到 200 千米以外的地方拉，能吃上咸菜和粥已经不错了，没有咸菜的时候，就用馒头蘸着盐水吃。

她去他的屋里，看到了那盆玉树。那是当年他来这里当连长时她送给他的，送给他时，只有三片叶子，现在，已经二十几片叶子了，他说，我每天浇水，一看到这盆玉树，就想到你。

他指给她一张桌子，那是给她写信的桌子，自己用木头拼成的，四条简易的腿，一张破的三合板，他说，来回晃，显得字也差，可我是用心写的。看到她，他说，当时看到你我都傻了，好像看到仙女下凡，说这话的时候，他的脸就红了。

那天晚上，分手的话，她又没有说。此情此景，让她如何说得出口？

第二天，文工团要去很远的一个地方演出，说是当天晚上还回来住，所有人都知道，他们是一对恋人，所以，团长说："还回来住，多晚也赶回来。"

可那天晚上他们一直没有消息。因为没有信号，也根本联系不上，风雪越来越大，所有人都说："他们可能不回来了，住在那里了。"可是，他说："他们说过要回来的，我要去找他们。"

他知道在沙漠里迷了路有多危险，如果再起了风沙，如果再雨雪交加，生还的可能性极小。

于是他上路了。而此时的他们，真的迷了路。

所有人都瑟瑟抖着，在风沙雨雪中，他们的车好像风中断翅的小鸟，车里已经没有多少油了，这一刻，她忽然感觉到了死亡的临近！

这一刻，她忽然这样强烈地想念他！

是啊，世界上什么最重要，生命！爱情！

那些名，那些利，那些无所谓的东西能战胜这两样吗？那一刻。她泪流满面，她知道，自己无法割舍他，在生死面前，她终于明白自己的爱情了！

冥冥中，她感觉到他会来找他们，是的，他会来的，因为，他们说过晚上见的，这个晚上，她准备和他摊牌的。

女演员们都搂作了一团，以为挺过这一夜就好了，可她知道，过不了这一夜，她们都会被冻死！

因为他在信中说过，在沙漠中迷了路，千万不能过夜，否则只有死路一条！

于是，她果断地把大衣脱掉。然后找团长要火柴，团长说："你疯了吗？"

她说："快，来不及了！"

大衣很快就被点燃了，熊熊大火燃烧着，而远方的他带着战士已经走了几小时，油也快耗光了，当他们看到火苗时，他的眼泪就出来了，因为他曾在信中告诉过她，有一次他迷路了，就脱掉了衣服，把衣服点了，结果，获救了！

这些他曾经告诉过她的经验，如今，全用上了。

见面的一刹那，他们再也没顾忌是不是所有人都在看他们，他们疯狂地跑向对方，紧紧地拥抱在一起。

如今，那棵玉树已经枝繁叶茂，而他们的女儿，也已经上了小学。

他常常问她，那次，你是专门去看我的吗？

她就笑着没有回答。她感谢那次生命的苦难，终于让她明白，在离死亡最近时，什么才是最重要的。

（雪小禅）

浪漫无处不在

浪漫，就在你能体会到的一切细节里。

蒂娜的丈夫工作非常辛苦。他经常需要长时间出差，一年大概有1／4的时间都不在家。然而，蒂娜从没抱怨过，因为正是丈夫的这份工作让蒂娜能够成为专职母亲，还有时间去追寻她从事写作的梦想。没错，蒂娜是三个活泼可爱的孩子的母亲，同时也是位爱情小说作家。说到这里，你可能会很自然地联想到，蒂娜的生活一定是充满了浪漫。可以这么说，蒂娜的每一天都是在为她的主人公们构思和创造浪漫的生活中度过的，总是以人们常说的欢乐大结局来结尾。蒂娜钟情于欢乐大结局。现在的故事就是这样一个写照。

蒂娜从来不会认为，已和她结婚 19 年的丈夫真正属于那种浪漫的类型。他很可爱，却并不会在高级餐厅预订烛光晚餐，也不会专门为了什么而去买一张多愁善感的贺卡送给她。可蒂娜在该有的时候都会得到鲜花，并伴随着贺卡，难道这就是所谓的浪漫吗？她从来都不会这样以为，尤其是大多数女性也会得到同样东西的时候，她总是希望得到的更多一些……

一天，蒂娜正在埋头写作，心中忽然被几件奇怪的“事情”占据了。她用“事情”这个词是因为找不到更好的词语来形容它们。蒂娜试图集中精神，继续手头的创作，可“它们”却总是挥之不去。“它们”并非蒂娜作品中的牛仔英雄将要经历的伟大发现或是惊心动魄的情节，也跟她正在努力把握的难于捉摸的女主人公毫不相干。不，这是些不同的东西，非常不同。那是关于蒂娜丈夫的。不知道为什么，她无法让自己不去想他的每一次出差。在家的时候，他为她带回了一盒格拉德里巧克力以及一本她心仪已久的爱情小说。此外蒂娜还接到一份传真，上面只简简单单地写着“我爱你”几个字。这两样东西可以被归到浪漫中去吗？蒂娜以为，应当可以，而且理所当然。接下来，另一些特别的生活片段充盈了她的思绪，仿佛她头脑中一个小小的管家打开了“记忆的潮水”。蒂娜清晰地记得有一次丈夫早早地哄孩子们上床。这可不是一件简单的事，得让她细细道来！蒂娜在地下室费力地刷洗着一件棒球衫，一肚子的怨气。那些教练可不管下雨天满地的泥泞，非要鼓励孩子们在泥水里滑垒。还有球队，为什么要买白色的球衣呢?！好不容易完成了这项苦差事，回到楼上的时候，蒂娜发现丈夫已经为她预备好了芳香泡泡浴，并端上了一杯红酒，点上了温馨的烛光。还能有谁如她一般幸福，能在这样的浪漫氛围中享受另一半为自己沐浴呢?！蒂娜很快就忘却了那些棒球衫，同时她也谅解了教练们的行为。蒂娜又回想起了另一次孩子们去祖母家的时候。她那缺少浪漫的丈夫准备好了三明治，他们一道骑车来到镇上去了那座带篷的小桥。他们就坐在那儿，手挽着手，一边吃东西一边欣赏河里游来游去的鹅和鸭子。只有他们两个，就在那个地方。

正对着电脑屏幕出神，“雷喜欢蒂娜”几个字忽然跃入蒂娜的眼帘，在屏幕上不停跳动着——那是上次丈夫出差前偷偷设置的屏幕保护。蒂娜老是在考虑自己的想法，这有点太自私了吧！这些能够说明她的丈夫很浪漫吗？天哪，那还用问！她知道自己能够这样回忆下去，一直回忆到他们刚刚结婚那天。一个男人，出差随身携带的芳香剂上贴着妻子的照片，在房子里各处仔细藏着“贺喜”牌巧克力，因为他希望你能了解，他不在的时候会想着你、在乎你。也许你会说这些并无浪漫可言，可蒂娜却认为，这一切对她来讲真的是如此浪漫！

有句话说，“情人眼里出西施”，蒂娜觉得这同样适用于浪漫。我们不仅需要去留心那些特别的瞬间，还要懂得去珍惜！作为一个爱情小说家，蒂娜感到很欣慰，因为她终于了解，自己嫁给了一位英雄。

（佚名）

千年石

流星划过夜空的时候，有泪滴落到了千年石上，泪水溅湿了雨纯的心，加强了心脏跳动时的声响。

天蓝蓝，石也淡。

风轻轻拂着雨纯的脸，丝发飞上脸颊，游走在她迷乱的双眼间，她用右手轻轻拨开那几根淘气的头发，呆呆地看着躺在她左手上的一个小石子。

雨纯身旁静静地立着一个男孩，清秀的脸庞中带着几分英气，他正看着马路上的车来车往，目光中闪着几分焦急，一会儿，他低头对坐在他旁边的雨纯说："雨纯，这个石头真能告诉你谁能和你相伴一生吗？"雨纯抬起头说："奶奶说它是千年石，现在已经 999 年了，明年它就会告诉拿着它的人，能和他相伴一生的人是谁！你信吗，枫明？"男孩很认真地说："我信！"然后若有所思地抬起头，向着黑夜张望。

雨纯是个漂亮的女孩，她自从得到那块千年石，就整天盼望着明年的到来，然而枫明知道，雨纯活不到明年，其实雨纯自己也知道，患先天性心脏瓣膜关闭不严的她，活到 17 岁已经是奇迹了。但是她不甘心，她是多么的希望自己能知道那个可以相伴自己一生的人是谁，她是多么的向往花季的 18 岁，可这一切都离她太远。

雨纯哭过，伤心地哭过无数次，而每一次她都是伏在枫明的肩膀上，她也不知道为什么，每一次见到枫明，她就变得懦弱起来，就再也抵制不住自己的伤心，而这一切对枫明来说是很值得高兴的事，因为每次雨纯哭过以后，枫明总会笑着用手拭去雨纯的眼泪，用最温暖的话语安慰雨纯受伤的心，那一句“傻瓜，别哭了。我会永远陪着你的！”总会使雨纯破涕为笑。

当枫明听说雨纯住院的时候，他的头嗡的一下，然后向医院的方向跑去。他知道这一天早晚会来，但当这一天真的来临的时候，他却不知所措了，他疯了般地跑着，眼泪在眼窝里打着转。

枫明来到医院的时候，他见到了雨纯，她正在输氧，脸色惨白，心微弱地跳着波线，证明着她生命的存在，枫明哭了，他看见雨纯的手里还紧紧地握着那颗千年石。

后来三个月，雨纯成功地做了心脏移植手术，出院了，她又见到了蓝蓝的天。

雨纯庆幸着自己的好运，感谢老天让那个意外死亡的人愿意把心脏那么及时地捐赠给她。她期盼着明天的到来，因为明天，千年石将告诉她那个可以伴随她一生的人是谁，她开心极了。她要把这份期待已久的快乐和枫明一起分享，作为枫明在她住院的时间里每天都送她 100 颗纸星星的报答。

雨纯到枫明家的时候已经是傍晚了，这是她第二次来到枫明的家里，她有点紧张，当她走进屋子里的时候，她有些放心了，因为枫明的父母依旧不在家里，只有几个七八岁大的孩子在折着纸星星。

孩子们见了雨纯，都好奇地看着她，雨纯问他们：“枫明在家吗？你们是他什么人啊？”一个孩子说：“我们和枫明哥哥都是爱心孤儿院的孩子，枫明哥哥几个月以前说要去很远的地方办事，他说，如果我们每天折一百颗纸星星送给医院的 135 号病床的病人，等满一万颗的时候，他就会回来！”孩子边说边把最后一颗纸星星放进一个装满纸星星的小瓶子里，是雨纯每天收到的那种，他接着高兴地说：“这是最后一百颗了，我们去送了，枫明哥哥就要回来喽！”

孩子们跑远的时候，雨纯突然明白了什么，她终于明白了枫明的那颗心，也懂得了枫明为她拭泪时难过的笑，同时，她也深深地知道，她已经无须千年石。

当雨纯再次来到病发前与枫明相见的地方，夜已深，依旧车来车往。流星划过夜空的时候，有泪滴落到了千年石上，泪水溅湿了雨纯的心，加强了心脏跳动时的声响。

在雨纯伤心落泪的地方，在千年的前一个晚上，谁还会为她拭去泪水轻轻地说：“傻瓜，别哭了……”

少年樱花

如果一个人没有能力帮助他所爱的人，最好不要随便谈什么爱与不爱。当然，帮助不等于爱情，但爱情不能不包括帮助。

她是他爱过的第一个女孩，在 19 岁的少年时。

放学后穿越大半个城市，等在她的校门口送她回家。

周末的时候，一起去看场电影，黑暗中把她柔软的手指，轻轻地放在自己的手心里面。这种清澈而甜蜜的心情，是生命成长的时候最初的体验。

那是春天的夜晚，他记得。

送她回家的路上，两个人走在淡淡的月光下，一路都能听到樱花在风中飘落的声音。小路两旁的樱花树，开出粉白浓密的花朵，簇拥在一起，每当风吹过，就好像落下一树的雨水。

在她家的楼梯下面，她站在阴影中微笑地看他，漆黑的眼睛，明亮得让他无法直视。伸出手，轻轻地把她的眼睛合上，然后俯下头亲吻她的嘴唇。她的头发上都是细碎柔软的花瓣，散发着清香。

他突然觉得自己的眼睛里有温暖的眼泪。

他在北方读大学，她依然留在南方的城市里。

很多的信，偶尔的电话，很少的见面。每次假期一到，他就急忙买火车票往家里赶。有时候买不到座票，就挤在闷热的车厢里站上二十多个小时。

累得发困的时候，在朦胧中看到的都是夜风中的粉白樱花，一片一片，无声地飘落下来。

他觉得自己是这样爱她。也许用一生的时间都不够。

刚毕业的时候，她有过一个孩子。因为年少无知的疏忽，她对他没有任何抱怨。

那个夏天很炎热，但是她脸上流下来的汗水和眼泪，却很凉。她勉强地微笑着对他说，没有事的，会没有事的。他只是轻轻地说，我会对你好的。

我会对你好的。这句诺言他一直放在心里，但情缘错落，他们的路还是走到了尽头。

分手的时候，明知道彼此有很多误解，但年轻气盛的他，还是固执地一去就不再回头。他离开了自己的家乡，到了另一座阳光充沛的城市。

他有了新工作，然后有了新的生活，直到在那里遇到了一个美丽的女孩，买了一枚戒指和她订下了誓盟。

生活很知足平静。每天早晨，他开着车先送孩子上学，送妻子上班，然后再独自开车去自己的公司。春天的异乡城市，马路两旁也有缠绵的樱花树。一串串粉白的花朵簇拥在一起，当风吹过，就有无数柔软细碎的花瓣旋转着飘落，黏在他的车窗玻璃上。

像很多行残缺的雨滴。

突然地，他就想起一张十多年前的脸。她的脸。在南方潮湿的夜色中，在楼梯寂静的阴影里。漆黑的眼睛，明亮得无法直视。还有黑暗中她的嘴唇，他亲吻过的纯洁的伤口。这样的深，再也抚摸不出痕迹。

不知道她是否依然在那座南方的城市里。也许仍会有男人对她说，我会对你好的。但她的幸福已经和他无关。

每个男人的最初，都会有一个樱花般的女子，飘落在生命里，注定颓败。

（安妮宝贝）

失去了一枚戒指

“我爱你！”这句话在她心头搁了几年，只是她一直都没有说出口。

他们在五年前上高三的时候就认识了，后来他们考上同一所大学，大学四年后他要去日本留学。他买了生平第一枚戒指，一枚只有 8 元的戒指戴在了她的手上。虽然只有 8 元，但那一刻她还是感觉神圣无比。

临别，他对她说，明年春节他回来看她，如果她愿意，2 月 14 日那天，在学院路的那棵法国梧桐树下等他。他说别丢了那枚戒指，不见不散。

秋天的时候，她失去了他送的那枚戒指。

她答应过他会一直戴着它的。她是个追求完美的人，第二年的 2 月 14 日，她失约了。一生中最重要的约会，她却没有勇气去赴约，但她忍不住还是让好友去看他。好友回来说，看见一位穿风衣的男孩站在树下等她，手里拿着一枝红玫瑰。

第二个情人节，她仍然没去赴约。她想第一个情人节她没有赴约，他肯定不会再来了。她就想一个人出去走走。于是她就漫无目的地走在大街上。傍晚的时候，她竟然不知不觉地走到了学院路，远远地她看到那棵法国梧桐树下，斜斜地站着一位男孩，她的心狂跳起来，是他。这回她没有躲避，她朝他走过去，站在了他的身边。他把手里的红玫瑰递到她的面前，他说："我知道今年一定会等到你的！"

她问："如果我不来呢？"他微笑着回答："那么我明年再来。"

他们就那样站着聊天，一共聊了几小时，这其中他好几次递玫瑰给她，但她始终没有接过他的玫瑰。

最后她转身离开时听到他在背后问："那只戒指，你，还留着吗？""对不起，我把它弄丢了。"她头也不回地走了。她不敢看他的表情，她怕自己会流泪。

过了几年，她得知他结婚的消息，那一晚，她一个人在学院路整整走了一夜。她哭了无数次。

“我爱你！”这句话在她心头搁了几年，只是她一直都没有说出口。那年秋天，在那台实习的机床上，她失去的不仅仅是一枚戒指，还有她的整只左手。

（佚名）

第五辑

天使的爱情

天使的爱情

天使尚且如此，人间该如何相爱呢？相信这个短小的故事，足以回答这个复杂的问题。

从前，一位天使路过山涧的时候，遇到一位女孩。他们相爱了，就在山上建造了爱的小屋。

天使每天都要飞来飞去，但他真的很爱这位女孩，得空的时候都来陪伴她。

一天，天使带着心爱的女孩，在山间散步。忽然，他说："如果有一天，你不再爱我了，我会离开你。因为没有爱的日子，我活不下去。那时候，我就会飞到另一个女孩的身边。"

女孩看了天使一会儿，坚定地说："我会永远爱你！"

他们的日子过得很幸福。但是，每当女孩想起天使的那句话，就开始烦躁不安起来了。她总觉得天使说不定哪一天就会离开她，飞到另一个女孩的身边。于是，一天晚上，女孩趁着天使熟睡的时候，把天使的翅膀藏了起来。天亮以后，天使生气地说："把我的翅膀还给我！为什么要这样？你不爱我了，你不爱我了……"

"我没有，我还是爱你的！我没有藏你的翅膀，真的，相信我好吗？"

"你骗人，你说谎，我不相信你了，我感觉你不爱我了！"

当他从柜子里找出翅膀后，就头也不回地飞走了。

女孩很难过，也很怀念那段美好的生活。她后悔了，就独自坐到山头的风口上，默默地忏悔："纵然我爱你爱得发狂，也不能剥夺你自由飞翔的权利，是吗？我应该给你足够的自由，让彼此有喘息的空间。我现在真的懂了，你还能回来吗……"

忽然间，天使出现了。他温柔地说："我回来了，亲爱的！"

"你真的不走了，真的还爱着我？"

天使微笑着说："我感觉到，你还是爱我的，对吗？只要你还爱着我，我就一直爱着你，直到你又不再爱我的时候。"

生活中有些人，就像那个女孩一样，把爱当作借口，约束着对方。这样的爱情不但苦了自己，也苦了对方。时刻都不要忘记：爱情只能拥有，不可占有。不管你如何的爱一个人，也不能剥夺他自由飞翔的权利。

（赵文宏）

再见初恋情人

原来有些事情，真的是只适合放在记忆的神龛上的。比如初恋，想起来虽模糊、剧情却会愈演愈浓烈。

当我再见到涛时，终于深切地体会到了时间磨蚀一切的巨大能力。

4 年了，我们就像是两根偶尔交集过的平行线，又回到了各自的轨迹，在这个资讯、交通都相当发达的年代里，有着彼此联络方法的我们，却始终没联络过。更别说见面了。连在旧同事的口里探听他的消息的举动我们都从没做过，因为始终觉得自己已经没有了找他的理由。

分手就要分得干干脆脆，不要拖拖拉拉，不是吗？

这一次，趁着一个旧同事的婚宴之邀，我终于有了堂而皇之的理由再踏上这片熟悉的土地，也顺便见见这个“老朋友”。

按照约定的时间、地点，我提前了半小时到，坐在面对餐厅大门临窗的位置，捧着一杯热茶，耐心地等待着他的到来。细细地品味茶里那种略带苦涩的甘甜从舌尖至喉咙直达心房，在胸口形成一股久久散不去的清香，努力地在脑海里搜索着那些与他有关的、当初以为一辈子也不会忘记的字句、片段……结果，却是徒然。在这片熟悉的街道里，我的脑海里，剩下的，只是对他的一些怎么也拼凑不起来的模糊记忆。

我不禁苦笑起来，原来曾经以来不会忘记的东西，在经历了时间的洗礼后，也不外如是而已。

他还是像当年那么守时，当指针还差一分钟指向我们约定的时间时，他出现在了餐厅的门口。

他环顾了四周，还是没能发现坐在门口对面的我。我不得不站起来扬手，示意他方位。当我们四目相接的那一刹那，我分明地察觉到他眼底闪过的一丝惊讶。

是的，我已不是当年那个剪个男孩子式短发、眉毛粗粗不懂修饰、整天大咧咧的小丫头了。四年的生活磨炼已让我成熟不少：清秀的身影，一头披肩直发，弯弯的眉毛，脸上始终挂着淡淡的笑容。记得他当年说过他理想中的情人，就是长发披肩，眉毛弯弯的。那么现在的我是不是就已经符合他的要求了呢？

他比四年前苍老了好多。记忆中的他虽不高大，却是不乏帅气的，但如今，帅气从他身上我却是无从找到了。不变的是，他的大道理还是那么多。他依然在说着四年前就说过的未来大计，依旧是把他的不得志归咎于身边的环境。

想象了无数次与他再见面的情景：我以为我会厉声责骂他当初的懦弱，我以为我会给他一个拥抱，我以为我还会告诉他我到底有多爱他……但是，我什么也没有做，甚至于没在心底泛起一丝丝的微澜。

我只是始终微笑着不语，看着那两片留有我初吻的嘴唇，一张一合地在吐出大篇大篇的道理。

这个就是我当年坚决地以为执我之手的男人吗？这个就是当年我为之流过无数泪水的男人吗？这个就是我刻骨铭心的初恋情人吗？四年前在我听来如此雄伟的豪言壮语，现在却是如此的幼稚可笑。四年来，他似乎都没有往前挪一步，还是停留在那里。而我，这几年一直都活在“一定要过得比他更好”的誓言里，所以努力地学习，努力地工作，努力地使自己变得更漂亮……在人生的路上，我不断地往前冲，只为了不让自己落在他的后面。

原来有些事情，真的是只适合放在记忆的神龛上的。比如初恋，想起来虽模糊，剧情却会愈演愈浓烈。真的重来，挥霍尽了回忆和幻想，剩下的灰烬也只能是随风而逝，于是初恋也就只剩一片苍白与空虚了。

最伤感的爱情故事

世间最珍贵的不是“得不到”和“已失去”，而是现在能把握的幸福。

长大了，我一定要嫁给你。

九岁那年，琳这样对平说。其实这只是一句玩笑话，但初冬正午的阳光打在她小小的脸颊上，泛着一丝绯红，看得平的心猛地一跳。

从那开始，他便常常会想象若干年后的某一天，自己会像童话故事里的王子一样拉着自己心爱的公主的手走进婚姻的殿堂。那该有多么美好啊！他这样想着，不禁笑了，很开心。

他常常带着她上街。他们一起在街上看人来人往。大热天的时候平总会省下父母给的午餐钱，买来两根冰棍，一人一根。然后看着琳低着头小心翼翼地吃完，一副很认真的样子。

那时候他忽然想，要是能这样一辈子看着她吃冰棍，他宁愿什么都不要。

七年后，他和她都考上了大学，都是名牌大学，琳学的是化学，平学的是计算机。只是，他在上海，而她在北京。两地相隔的日子，他常常会想起他们在炎炎烈日逛大街的情景；常常会想起他和她一人吃一根冰棍的情景；常常会想起她对他说，长大了，我一定要嫁给你。

他的心里忽然涌上一股暖意。轻轻地，拂过心头。

大三的暑假，他从上海跑到北京去看她。在火车出站口，他看见她捧着一束红玫瑰，灿烂地笑着。初春的阳光洒在她披散着的长发上，美丽得令人眩晕。

“琳。”他走过去，轻声唤着。

“你来了，平。”她微笑着，把手中的玫瑰送给了他。

“我有个同学在校外租了房子，本来是打算暑假在北京打工的，她父母却非要她回去不可。她知道你要来，临走前就把钥匙给了我。”她依旧笑着对他说。

他跟着她到了那套租来的房子。房子坐落在学校正门边，街边种着一排法国梧桐，树叶延伸到窗前，弥散着淡淡的清香。

他静静地看着她，“琳。”他轻轻唤道。

“怎么了？”她转过头，看着他。眼神里已经有了一丝不安。

“半年没有看到你，你变化了许多。”他微笑着，掩饰住了内心的心绪。

“是的。在岁月面前，每个人都是会变化的。”她的眼睛定格在了窗前的梧桐树叶上。

他的心猛地一跳，情不自禁地伸出手来轻轻地拉住了她的手。

她回过头来，眼睛一触及他热辣辣的眼神便躲开了。她低下了头，满脸羞红。

他看得心神荡漾，轻轻地拉过了她，紧紧地拥在了怀里。他感觉到她的身躯在微微地颤抖。他捧起她低垂的脸，往她红润的嘴唇吻去。

“别。”她伸出手按在了他的唇上。

他没有理会，依旧吻在了她的唇上。

一个月后，她收到了他从上海寄过来的一封信。刚撕开信封，一张平整的纸片便从信封里掉落下来。

她俯下身拾起，那是一张冰棍纸，是十年前特有的那种。她把它放在桌上，展开了信笺。

琳：

还好吗？寄来一张我收藏了十年的冰棍纸。十年了，我无法忘记那个在炎炎夏日和我一起逛大街的你。你知道吗？当我来北京看你，你捧着火红的玫瑰笑脸盈盈地看着我时，当你低着头站在我面前的时候，我就在心头暗暗发誓，我一定要娶你，一定要跟你相守一生。

你知道吗？是你那低头间的温柔感动了我。有你的日子，我便永远也不会孤单。

爱你的平，于上海

她给他回了信。整张洁白的信笺上只有用毛笔写的一行触目惊心的大字：

虽然父母要我出国留学，但是我不去，因为，我爱你。

那个秋天，他是幸福的。他常常独自一人徘徊在漫长的邯郸路。看着宽阔的大路上人来人往，他会忽然想起他和琳的未来，然后他傻傻地发笑。

从复旦正门出来，穿过国定路，武川路的文化花园里有一所新开的网络公司。他会常常在网吧登录到这家网站的论坛上游荡，看着上边一个个熟悉和不熟悉的ID，看着他们在论坛里热烈地争吵，他的心里会忽然涌上一股暖意。他开始在一个叫“小资情调”的论坛里发帖子。

他感觉自己是一个属于漂泊的人：颓废的表情、黯淡的心绪、喜欢流浪、很少停留。

很快，他的帖子就有人回复，是一个叫潇的女孩。她说：“我猜你一定是复旦的学生。”

他感觉很是惊讶。虽然他很少在论坛上回别人的帖子。但是这次他还是回了。

“为什么？”他在后边写了这几个字。

“因为你的语言里流露出的颓废与忧伤。你是很小资的一个男人，同时又很有品位，只有复旦出来的学生才有这种情调。”潇说。

他忽然感觉自己对这个叫潇的女孩有了兴趣。于是，他开始在那里停留，第一次长时间的停留。

人走累了，就该向往停歇。

漂泊久了，总会寻找归宿。

“我也是如此吗？”他问自己，然后笑。

六月。

琳已经有一个多月没有来信了，电话也没有。他打去电话，却总说琳不在。终于在他打去无数个电话之后得到了一个消息：琳已经在一个多月前申请提前领取毕业证书和父母一起出国了，临走前没有留下任何联系方式。

他猛然间觉得天旋地转。

他和朋友出去，喝了很多的酒，然后回来，倒头就睡，几乎忘却了心里所有的忧伤。半夜他忽然感到头痛欲裂，然后从床上起来，喝了很多的凉水。他看着窗外漆黑的夜，阴郁的颜色。风从开着的窗户吹了进来，在屋里轻轻地盘旋。

然后他感到眼睛潮湿。

他在南京西路的一家电脑公司找了个工作。无所事事的时候，他开始发狂般地写作，写完后马上贴在论坛里。论坛上的人们开始沸沸扬扬地讨论起他。他的帖子一贴出去就会有很多的回帖，他会认真地看每一个回帖，但是从不回复。

他决心开始写一篇小说，很长，不知道什么时候可以终结。他常常会一整天地逃课，自己一个人躲在房间里用电脑写字。有一天下午他六点开始写，一直写到晚上十一点，中间不断地喝水。写了一万多字的时候，他忽然感觉胃一阵发痛，然后躺在床上，静静地看着电脑屏幕上一行一行的方块字。他忽然觉得它们在凝视着自己，安静而平和。

他的眼泪忽然从眼眶中流了出来，滴在地板上，溅出一朵绚丽的泪花，在发黄的灯光下像绽开在阴暗中的花朵。

终于有一天，他在论坛里看到别人写给他的一句话。

“平，我要见你，晚上八点整，国定路书店。”

帖子下赫然写着一个字——潇。

虽然不是繁华地段，但是晚上的国定路分外热闹。三三两两的学生模样的人群在冬天的寒风中游荡。

他走进国定路书店的时候，书店里站着十来个顾客。书店老板围着一条围巾，坐在桌前看书。他四下打量，发现书店角落里有一个女孩靠在书架上静静地看书。他径直走了过去。

“潇。”他叫道。

女孩抬起头。

这是一个很清纯的女孩，长长的头发披在肩上。似水般的明眸刚从书本上移开，显得有点迷茫。

她笑了：“平，你来了。”

他带着她去音乐酒吧喝酒。在淡淡的音乐声中，她静静地凝视着他——嘴角顽皮地微翘着，一副清新可人的样子。

“你的文字很颓废，我却很喜欢。”潇笑着说。

“这么说你也是复旦的。”他看着潇可爱的笑脸说。

“是的，今年大四。”她停顿了一会儿，接着说，“在你文章中常常提到的琳现在怎么样了？”

“走了。”他的脸上流露出难以掩饰的悲哀，“和父母一起出国走了，一点儿消息都没有。我知道，她是想彻底地忘记我，忘记一个十年前就有过约定的人。”

潇没有再说话，只是把手轻轻地放在他脸上，似乎想为他擦去脸上的泪水。

“谢谢。”他说，“可是我早已经不会再流泪了，从半年前琳走了之后。”

自那以后，他们开始常常一起出去散步。潇的眼神变得越来越温暖，他知道，她已经喜欢上他了。

有时候他想：潇其实是一个很好的女孩，漂亮、温柔，懂得体贴人。对于一个有过心灵伤痛的男人来说，这些都是自己最需要的，于是他开始慢慢地接受潇。

他们的关系发展得很平稳，潇慢慢地就把自己完全地投入了进来。女孩为什么就是这样？喜欢把自己完全地投入一个男人的怀抱与梦想中。在他紧紧地拥抱住潇的时候，平这样想着。

两年后，他们开始商量结婚的事情。周末的下午，平带着潇去商场买婚纱。在买完婚纱刚要走出商场的时候，他忽然触电般地，然后停了下来。他对潇说："你先回去。"然后他就飞一般地跑了出去，只留下潇一个人在商场门口目瞪口呆。

潇在家里等平。等到晚上十一点多的时候才见平回来，潇盘问他发生了什么事。平只是摇头，一句话都不说。

从那开始，潇就感觉到自己与平之间已经没有了以往的默契，两人之间好像隔了什么东西似的。凭直觉，她感觉到她和平之间的这段情感快要走到尽头了。在无数个寂静的夜里，她常常起来看着身边的平，平睡觉的时候像个孩子，潇忽然这样想着。

然后她就感觉到自己的眼泪流在了脸颊上。

终于有一天，平对潇说："潇，你还是找另一个适合爱你的男人吧，我不配。"

潇很平静，她知道这一天终究是要来临的。从他们买回婚纱的那一天开始，她就知道他们之间的这份感情已经走到了尽头。

她一句话都没有说，收拾了几件衣服就离开了。

从此以后，平再也没有得到任何关于她的消息。

两个月后，平结婚了。新娘是一个叫静的女孩。静声音很沙哑，她的脸已经几乎完全毁掉。一条条红色疤痕裸露在空气中，甚至在左脸颊上还可以看到一小块无法掩饰的森森白骨。

当前来祝贺的人们看到静的时候都惊呆了，一个个不知道该说什么好。

送走客人之后，平和静并排坐在床上。

“你为什么看到我这副模样都还要娶我？”静看着平，满脸温柔地问。

“不为什么。”平轻轻地握着静的手说。

“你一定要说。”静的话语开始激动起来。

平犹豫了一会儿说：“好的，我说。”

他停顿了一下，接着说：“因为我在商场门口看见你低头间温柔的样子像极了我的初恋情人琳。”

静定定地看着平，忽然泪流满面。

那一刻，她忽然好想告诉平。

琳在毕业前夕的化学专业实验中不小心让硫酸严重烫伤了脸部，在治疗中又影响了声带。

琳无法把这样的消息告诉平，只好顺从父母的意思出国留学。

琳在国外的三年时间里，依然无法摆脱平的影子。于是她决心回国看看，她只想在平的身后静静地看他一眼。

静没有想到平会喜欢上她这样一个已经毁了容颜的女子。

静没有想到平会爱她如此之深。

静不知道自己该不该告诉平事情的真相。

今日面目全非的静就是昔日与平有过十年约定的琳。

爱情上上签

细细欣赏着愈素朴愈美丽的小词，终于知道，过了这么多年，我们又可以回到十几年前那样纯美又温情的岁月了。

年少的时候，与小词一块儿放学回家，走至一座木桥前，我们总会停下来，看一个胡子老长的先生眯眼给人算命。我们兜里是绝没有多少钱的，所以也只能眼巴巴地看着别人将一把硬币豪爽地丢到碗里去，而后心满意足地踩着木桥咯咯吱吱地走得看不见影儿。

可是有一次小词却在课间休息的时候偷偷将我叫出来，又神秘兮兮地悄声问我："我们逃课去算命玩，好不好？"我四下里瞅瞅喧闹的校园，还有走廊上正训斥着学生的几个女老师，很坚决地一点头，拉起小词便疯跑出校门。我们学着大人的样子，将小词从家里偷来的一大把硬币扬扬得意地一个个丢进脚旁的瓷碗里去，而后底气十足地冲算命先生叫道："先生，算一卦。"老先生抬头笑眯眯地看着我和小词，气定神闲地问："请问二位要算什么，姻缘、前程、寻人，还是收成？"我和小词一脸茫然地对视一眼，竟是傻傻地不知该说些什么。是我反应快，想起小词家门上贴的春联里有"前程似锦"四个字，便慌忙地脱口而出："前程！就算前程！"报了生辰八字后，我和小词便紧张兮兮地去摇那个神奇的小筒，闭眼各自从一大把竹签里捡出一支来，毕恭毕敬地交给老先生，等他一脸郑重地解释来听。

我记得算命先生说，我将来必会有似锦前程，灿烂未来，考入名牌大学是绝对没有问题的。至于小词，则是比我差了一截，但却会有贵人一生相伴。小词忙不迭地问："贵人是谁？"算命先生捻着胡须道："天机不可泄露。"顿了顿，又加了一句："二位未必会像如今一样志同道合，但却会有不同的幸福。"

这样一番话在经我和小词的脑瓜过滤后，便是小词的命，终不如我好。小词习惯性地噘起嘴巴，朝老先生大嚷：“呸呸！骗子骗子。”一脸无辜的样子！喊完了也不理我，一个人飞快地跑开了。

没等我来得及用五彩缤纷的水果糖将小词哄笑，漫长的暑假便奔涌而来。我随妈妈去外婆家度假，回来后便与小词进了不同的初中就读。学校离家不远，可是因为住校，所以不能时时地看到小词。而且，那时候的小词已如花儿一样绽放开来，眉眼里有了少女的羞涩和骄傲。在街上碰见比她矮了一头的我，不仅招呼也不打，还会绯红着脸扭头走开去。发育迟缓的我，却是不明白这时女孩子心理上的变化，照例一路追赶着让她等我。被一些高年级的男生撞见了，会笑得直不起腰来。

我不明白小词为什么不再理我，却与一个高高大大的坏男生骑着车子在大街小巷瞎转。有时候，他们还会到我们学校里来，不是为玩儿，却是打架。小词在不远处站着，边守着车子边为那男生加油助威。见老师来了，便大喊一声“狼来了”。与那男生跳上车子绝尘而去。等我在一年后终于长到与那男生一样的海拔后，才开始明白小词种种奇怪的言行。也知道要与小词还有其他一些有了护花使者的女孩子保持距离，否则必会遭别人的一顿痛打。

似乎一瞬间，我和儿时玩伴小词的那种亲密无间的关系，便被我们抽枝长叶、茁壮成长的身体挤得连影子也寻不见了。甚至连妈妈，也不再提起小词，偶尔在窗口里瞥见她与男孩子骑着车子呼啦啦穿街而过，便总是很不屑地丢一句给我：“幸亏你与那小词断了来往，否则被这么张扬风骚的女孩子缠上了，怎么得了?!”我听了不作声，却会在心里想妈妈的话，觉得那个可爱娇蛮亦温柔有礼的林小词，真的是与我越来越远了。

勉强考上了一所普通高中后，读了不到一年，小词便退学去了市里一家服装店打工。原本清纯可人的一张面孔，已被廉价的化妆品打扮得不成样子，但却是莫名其妙地招许多花里胡哨男人的喜欢。有时候我与同学去逛街，碰见她浓妆艳抹地过来，会下意识地想逃掉，却每每都会被她逮个正着："唐颂，不认识我了吗？考上大学一定要请我吃饭噢！"我看她眉眼里流溢出的近乎讨好般的微笑，突然觉得难过，为美丽的小词。我想几年前的那个算命先生是不是命运安排给我们的？怎么不知不觉间，他的那些关于前程的话，竟是那样残酷地一一变成了现实？

不久后的暑假。我照小镇的风俗，拿了鲜红的录取通知书，挨家挨户去"分喜"。走到一户红砖绿瓦的家门口时，我突然停住了脚。来不及转身，我便被笑吟吟走出来的小词拦住了："小时候那么频繁地往这儿跑，怎么现在连家门也不愿进了？有事吗？"没等我回答，她便低头瞥见了我手里的录取通知书。几乎是欣喜若狂地，她急急地问我："唐颂，你考上大学啦?！"我掩饰不住内心的得意与喜悦，微微笑着朝她点点头："是的，去北京。"小词的神色那一刻竟很是复杂。可我还是从中读出了鲜明的失落与怅惘。不忍心，我随口安慰她一句："你也可以去北京打工，那儿机会比这儿多，你又聪明，一定会有很好的发展的。"小词的眼睛一瞬间有了光芒："真的吗，唐颂?！"我违心地，冲着一脸惊喜与渴盼的小词，轻轻地点了点头。

大学里的生活，浪漫而美好。我很快便融入其中，且有了一个叫艾莲的漂亮女朋友。而且，因了她的爱美，开始对北京大大小小的服装店都熟记于心。有一次为了给她一个惊喜，我背着她用打工赚来的钱，去“江南布衣”店里，买了她看中已久却因价格而放弃了的水红色棉布小衫。到的时候才想起，竟是忘了艾莲的号码。正犹豫着，导购小姐过来帮忙。她说：“你看看我们店里的小姐，有没有与你的女友相仿身材的。”我环顾四周，看见柜台后那位一直低头算账的女孩子，竟有与艾莲一样的娇小身材。我很快地走过去，问她：“小姐，能帮个忙吗？”女孩子微笑着抬起头来。然后，两个人几乎同时叫出来：“怎么是你?！”

这才知道，小词在我来北京后的第二天，便也收拾行李飞了来。而且，凭着以前的经验，只用了半年的时间，便做到了领班。我向她祝贺，但并没有接受她同去吃饭的邀请，而是急急地掏钱付账要走。小词没有勉强，却很坚持地不收我的钱，又将我送出门去，说记得下次来一定要带上女友哦。

而我却是在回去后，千方百计地劝女友再也不要去江南布衣买衣服。女友不解，继而讽刺一句：“是嫌衣服贵心疼了吧！”我没吱声，但却突然的发现我有些害怕小词。

在无依无靠的北京遇到同乡，小词显然很是兴奋，几乎每个周末都会打电话来，约我带女友出去一起吃饭。幸亏我只将宿舍电话告诉了她，可以编出各式理由来将她拒绝掉，免去爱吃醋的女友一顿不依不饶的吵闹。可是没多久，小词竟自己跑了来找我，站在宿舍楼下一声声地喊我的名字。我不得已跑下来，劈头给她一句：“林小词，你不要这么张扬好不好?！”说完自己的脸便先变了颜色。我看到也来找我的艾莲，正在不远处，冷冷地望过来。

因为同样美丽非凡的林小词，艾莲与我开始频繁地争吵。尽管小词三次跑来向她解释，却都被她尖刻地给拒绝掉了。我突然觉地与这样一个高傲的北京女孩子谈恋爱很累。

我们的爱情没走过那年的冬天便死掉了。我开始封闭自己，不再出去闲逛，一心一意地在自习室里学习。小词，亦好像在那个冬天，没了踪影。春天来的时候，小词打电话来，说要请我和女友吃饭。我顿了顿，终于说，好。见我一个人来赴约，小词略略有些惊讶，但并没有多问，而是从身旁拿起一件精美的蓝地小白花的棉布衫，昂头问道："好看吗？我设计的，专门送给你女朋友的。"我一下子呆住，看着这么漂亮的棉布衫，说不出话来。小词却是没注意到我的表情，继续说下去："我考过服装设计师的证书了，以后可以为你们，免费设计独一无二的衣服啦！"

"那天我原本想找你帮我去图书馆借一些设计方面的书的，没想让你女友生了气，所以考试的时候，按着她的尺寸设计了这件衣服，没想到竟是拿了第一名，一年来的努力，总算没有白费……"我低头看着那件衣服，慢慢地说："那我将这件衣服，转送给另一个聪明善良又可爱的女孩子好吗？因为，我和艾莲早已分手了。"像年少时忙不迭地问算命先生"贵人是谁"时一样，小词脱口而出："那个女孩子，是谁？"隔着那件温暖的棉布衫，我勇敢地伸出手去握住小词："小词，她就是你啊。"

很好的阳光下，我和小词手牵着手逛街。小词说："唐颂，你知道吗？小时候那个算命先生的话，真的很准哦。"我摇头道："可你没有贵人，照样有了想要的幸福啊？"小词一下子跳到我前面来，很认真地说："不，我有！而且那时候我就知道，那个贵人，一定是你，所以才拼了命地，追你到北京来，赖你一辈子！"

细细欣赏着愈素朴愈美丽的小词，终于知道，过了这么多年，我们又可以回到十几年前那样纯美又温情的岁月了。

爱的血墙

爱情就等于……生活，而生活……是一种责任、义务，因此爱情是一种责任。

许多年前的一天，作案完的歹徒逃跑时，忽然临时将她挟为人质，将雪白的刀尖对准了她的颈动脉。

她想，她完了，睁着美丽的大眼睛，失神地看着围观的人，所有人都退避三舍，离她远远的。那种冷漠，比抵在她的脖子上的刀口更让她寒心。那一刻，她心里只有一个愿望，如果围观的人有一个人能站出来，她会报答他一辈子。

就在歹徒将她准备推搡进车里时，她彻底绝望了。

可是，就正在歹徒发动汽车时，一个男人出现在风挡玻璃前，他对歹徒说，放了她，我做你的人质。

歹徒亡命，将油门踩到底，他却硬是纹丝不动。歹徒无奈，放了她，将他塞进了车子，将刀架在他脖子上，让他开车。

几天后，她被警察局传唤去做证，才知道歹徒被制伏了。在看守所里，歹徒对她狂喊，没有那小子，你早完了，只要我活一天，我就不会放过你一天。

听了这话，她打了一个冷战，从头顶冷到脚心。她才知道，那天救她的，是一个便衣警察。

身中数刀的他，被救活后，醒来第一眼，就看到杏眼柳眉的她，第一句话却问她还好吧。她像害怕失去什么似的，对他说，我知道你还没有女友，不如，我们结婚吧！他想了想，点了点头，同意了。

进入婚姻这座围城后，新鲜感一过，她才发现，英雄的丈夫，并没有给自己带来她想要的细腻的生活，那随时会在黑夜里响起的电话，还有从她睡梦里一跃而起的身影，让她终日提心吊胆。

她曾多次劝过让他别再干警察，但是始终无效。这一切让她开始怀疑，自己当初的选择是不是正确的？

这样的日子过了许多年，她再也受不了了。为了逃避这段情感，她利用家人的关系决定去美国，去国外的机票都买好了。

离吧！她不再掩饰什么，直直地对他说，我再也受不了了，来生我再也不当警察的妻子了。说完，将一份离婚协议书递给他。她望着他，背过身去擦泪。

他手机又响起，她拦住他，他却想冲出去。

她说，要出去可以，签了它，放我一条生路吧！我求你了！最后一次！好吗？

他拗不过她的乞求，顺手签了。

从窗口，她怔怔地看着他带领着手下钻进警车，一辆一辆的车子，呼啸着从家门口开去。她的心一下子揪了起来，她料到这将是一次重大行动，眼看离飞机起飞的时间不多了，但她还是想看到他平平安安地办完这件案后，再离开他。

她拦了一辆车，以最快的速度来跟着警车。远远望去，丈夫的警车紧咬着歹徒的车子，像两条绞在一起的响尾蛇，又像一场方程式赛车运动。

尖厉的枪声停止，歹徒拼尽了最后一颗子弹。同时，歹徒的出路被警车堵死。

世界，一下子安静起来。

丈夫与歹徒的车，对峙着，像两只铁甲壳虫，静卧在那里。

她的眼光与丈夫的眼睛对撞了一下，泪水，肆无忌惮地流了下来。

就在一眨眼的工夫，杀红了眼的歹徒忽然发动了引擎，斜刺着，以最大的马力，像箭一样冲向她所在的岔路口，歹徒认得那个穿红衣的、最漂亮的女人，就是要置自己于死地的对手的妻子。他料到警察不会以爱人的生命为代价，堵截自己。

就在那一刻，他的车子像一只出鞘的利剑，也朝她的方向冲来。周围的人像惊涛拍岸般翻卷开来。她已预感到了什么，一个人静静地站在那里，眼里只有一个人，那就是丈夫。

只听见“轰”的一声巨响，火光冲天，顿时半空里升起一朵静默的黑色云烟。

山空湖静。只听见她尖叫了一声，扑倒在地，撕心裂肺地哭喊着爱人的名字，那张手中的离婚协议，“唰”地被吹散在晚风里。

天际，冷风吹起，残阳如血。

她做梦也没有想到，自己会与他用这样的方式离别，她不明白，当初的相救，与现在的相助，是为了爱，还是因神圣职责的驱使，抑或是为了给最美丽的相遇，画下一个最凄美的结局?

她才知道，他爱她，不管她对自己怎样；他爱她，甚过于自己的生命。这世间，还没有比生命更珍贵，更值得令人感动的爱情。自己不该这样对待他，让他以这样的结局，毫无保留地走完自己的一生。如果早知道是这样，就该珍惜与他的每一天时光。

这一切，随着他的消失，再也找不回。

她只知道，这世界有一种爱，是一道用生命筑成的血墙！

（宇原）

空中之恋

她登上飞机，心里充满了激动……

飞机晚点近一小时。这种事怎么老是让她碰上。她在美国已经待了四年，可仍不适应这里的生活。一对男女正在一个角落里接吻。这一景观好像让她找到了在美国不习惯的答案。她四下看了看，想看看有没有来自印度的人。没错，有几个。她的目光落在对面正在看杂志的一位英俊的小伙子的身上。他衣着整洁，上身着淡黄色 T 恤衫，下身着黑色牛仔裤。她被他所吸引，她看人很注重仪表。她认为，印度男子的着装观念是很传统的，但对面这位小伙子却显得与众不同。

他突然抬起头，发现她正在看他。她急忙把目光移开，可他已经看到了她。她感到他的眼睛在审视她，她有意将眼睛看向别处。“飞往孟买的印航 121 次航班马上就要开始登机了。”播音员宣布道。她起身收拾行李，他也起身走向海关。她的眼睛一直跟随着他。他个头高大，风度翩翩。她喜欢高大的男子。他看上去很有气质和修养，仅从外表看，他真是一个完美无缺的男子！尽管相互没有说话，可她对他已很有好感。

她登上飞机，心里充满了激动。离家四年之后，她就要回到家人身边了。她忙着找座，一时把小伙子忘记了。她穿过通道，找到自己的座位，脑子里仍然想着即将见到的久别的家人和朋友。她的座位不靠近窗子，但看到座位都空着，她便在临窗的座位上坐下来。她刚要朝窗外看，就听到一个喉音很重的声音说："对不起。"

不用看，她就知道是在候机时坐在她对面的那位小伙子在向她说话。她转过头，对方朝她笑了笑。顿时，她感觉就像触了电。

"你坐的是我的位子，小姐。"他和蔼地说。"噢，是吗？"她边说边起身。"不，没关系。我可以坐在这里。"说着，他在紧挨她的座位上坐下。"谢谢。"她笑着回答道。看来这次回家是一次很有趣的旅程。飞机起飞之前，他们彼此没有说多少话。他在埋头看一本杂志，而她则看着窗外，沉浸在终于要回家的兴奋之中。她微笑着从飞机上看着纽约城越来越小。她转过头，发现他正在看她。

"你看上去很高兴啊，"他说。"当然！离家四年，很快就要见到家人了，能不高兴吗？"她回答道。"四年可是个不短的时间。""的确。你来美国几年了？""时间不长，刚来两年。这次回去是相亲的。"他高兴地说。听到此话，她一切的幻想都破灭了。原来这位完美无缺的先生即将有主。她很失望地"哦"了一声。

"这将是一次很长的旅途，很高兴能与你坐在一起。与漂亮姑娘在一起，时间会过得很快。"他说。她本不想顺着他说下去，可还是回答道："与英俊的男子在一起，时间也会过得很快。"她被自己的大胆惊呆了，她竟与一个陌生的男子调侃起来，他会意地笑了笑。他们聊了很长时间，他们聊家庭、聊朋友、聊工作，几乎无所不聊。

"遇上这么一位小伙聊聊天也不错！"她对自己说。

用餐之后，他们开始看电影。但她眼睛发沉，很快打起了瞌睡。醒来时，她发现她的头靠在他的肩上，他的一只胳膊搂着她。他仍在目不转睛地看电影。她赶紧坐直身子，说了声“不好意思”就起身走向洗漱间。她朝镜子里看了看，发现自己在笑。不能责怪我，他实在太好了，她一边梳洗，一边想。回到座位，服务员已将一杯茶放在了她的背桌上。

“电影怎么样？”她问。“还可以。”他回答。他们又开始聊起来，但这次聊的却是电影和影片中的男女演员。他们一边聊，她一边朝窗外看了看，只见下面是一片海洋。“真美！”她感叹道。他靠近她往外看。他的身体与她贴得很紧，以至于她能感觉到他的体温，很快她就热得出汗，并且心跳加快。“他对我有意思？”她不相信地想。“我应该打消这种念头。”她眼睛盯着电影想。太阳正在下落，红红的太阳就像一个大大的火球，景观非常美丽，太阳在向我们告别。突然，她感到她的手被抓住。她吃了一惊。她想将手抽出来，可她感觉很舒服。“这难道就是爱情吗？”她问自己。

她任他握着她的手。他们就这样开始看第二部电影。他说：“还有好几小时才到家呢！与你同行，我感到非常愉快。”“我也是。”她说。

机上乘客都在准备睡觉，而她却毫无睡意。他把头靠在她的肩上，闭上眼睛。“我们俨然是一对夫妻。”她心里想。突然，她感到他在亲吻她的肩，但她没有动。“这样不好。”她想。可感觉这么好的东西能说不好吗？她情不自禁地把脸转向他。

他一把将她拥进怀里亲吻起来。神奇，简直就像神话故事，一个传说中的神话故事，她自嘲地想。后来，他们相拥而睡。她醒来时，发现自己仍在他怀里。她看了看他，他仍像婴儿似的安详地睡着。

“可他并不像婴儿那样天真。”她对自己说。他从睡梦中醒来。

“你先醒了？”他问，胳膊仍然搂着她。

“嗯！还有多长时间到家？”她问。

“还得几小时吧，我想。”说着，他松开双臂。

她发现他换了装，换成白色T恤衫和褪了色的蓝牛仔裤，看上去更加精神和英俊。他们相互很少说话，也像在空中进入了一个虚幻的世界，一个他们正在接近现实的虚幻世界。

“飞机大约20分钟后就要降落在孟买机场了。”机长宣布说。看到家乡就要到了，他们顿时忘却一切，都沉浸在激动之中。他又靠近她，一起朝窗外看去。他感到贴近她的感觉很好。他们激动地谈论着他们可爱的家乡。突然，孟买城出现在他们眼前。海岸、楼房、街道，一切还是那样亲切。她盯着下面看着，一只手不知不觉地握住了他的手。飞机降落了。他们发现一位老太太正在费劲地从行李架上往下取行李，他赶紧走上去帮助她。她从座位上起来提上自己的行李，很想和他一起走出飞机，可她回头一看，却没有了他的踪影。她不情愿地随着人群往前走。办完出关手续继续往机场大厅外面走。她仍仔细地在人群中找寻与她坐在一起的那位英俊的小伙子，可怎么也找不着了。突然，她看到两个姐姐正向她招手。她跑上去紧紧地拥抱她们。她们非常激动，不住地问这问那。她们几乎是簇拥着把她领到正在外面等候的父母身边。“妈妈！”她拥抱着妈妈叫道。然后，她又高兴地拥抱爸爸和其他家人。

她多想与那位在飞机上邂逅的小伙子再见上一面！看来是无缘

了，她心里想。她失落地回到家里。但与家人团聚的喜悦很快使她忘记了那位与众不同的小伙子。

几天之后，妈妈告诉她：“你不在的这段时间，有好多人来给你提亲，但没有一个我们认为能配得上你的，最近有一家来提亲，说小伙子现在在美国读硕士，长得高大英俊又潇洒。我们看了他的照片，也觉得不错。听说小伙子近日就要回来相亲，但愿你能喜欢。”

一个晴朗的下午，媒人带着小伙子和他的家人来到姑娘家。她和他一见面，两人都惊讶不已。他们旁若无人地侃侃而谈起来，好像他们早就认识。

双方家人看他们一见如故，都感到纳闷。一问，方知他们从纽约一上飞机就开始相恋了。

（阿尔米拉·尤伊尔）

车 缘

黑暗中，她让阿马尔握住她的手。此刻，他已爱上了她……

将近一年了，他们同乘九路公共汽车，每天往返于模范城与新德里之间。

她每次都是在康诺特广场下车。但有一次因车上人太挤，到站她来不及下车，只好在阿马尔下车的议会大街下了。

这是阿马尔第一次与她说话：“你得往回走段路了。”她冲阿马尔笑了笑，露出一口整齐洁白的牙齿。

“没关系，”她说，“我走惯了。”

阿马尔很想知道她是谁，住在哪里。显然，她有固定的职业，可从她简朴的穿戴和手提包看，不像个收入很多的人。

她总是随身带一个扁平的铝饭盒。这说明她不是受雇于一家大公司，因为大公司的女秘书都是有免费午餐或者有午餐补助的。阿马尔估摸着她大约25岁。

阿马尔怜悯她天天吃冷饭。他对自己说，哪一天，我一定鼓足勇气，请她到康诺特广场的一家餐馆好好吃一顿。

那时阿马尔还是个单身汉，尽管已年近30岁，但并不急于结婚，尽管父母常常劝他去见见某位漂亮姑娘或某位家境富有的小姐。

阿马尔是印度石油公司的二等职员，挣的钱足够结婚成家，但他不想被婚后无聊的生活所束缚。

然而，自从在车上见到这位姑娘后，阿马尔发现自己越来越迷恋她了。她和他见到的那些摩登姑娘大不一样。

她的眼睛大大的，看上去天真无邪，身材匀称，一头浓黑的卷发，没有新奇怪异的发式。这些正是她吸引阿马尔的地方。

灯红节过后的一天早上，姑娘不知怎么没来坐车。阿马尔想，可能是她离家晚了，改乘了另一趟车，要么就是休班。

然而，一个星期过后，仍不见她来乘车。阿马尔开始担心她是不是病了。他多么希望能知道她住在哪里，好去探听她的情况。他也始终没有考虑到他是一个陌生人，她的父母会反对他到他们家去。他感到难过和孤独。尽管他还不知道她叫什么名字，她也并不晓得他的名字，但她却好像成了他生活中不可缺少的一部分。

又一个星期过去了，在一个寒冷的早上，阿马尔终于又在车上见到了她。她身着一件看上去并不暖和的毛背心，一脸倦容，显然没有休息好。他想她这么长时间不来坐车，一定是病了。

车到克什米尔门站时，坐在姑娘跟前的男乘客下了车，阿马尔立即挤到她身边，向她道早安。她先是一惊，马上就认出了他，朝他笑了笑。

“你脸色看上去不大好。”阿马尔说，“这段时间你是不是病了？”“没有，我没病。”她说，“是我妈妈病了。现在她的病好多了，所以我才能离开她去上班。要是再不好，我就要失业了。”

“真是太不幸了。”阿马尔说，“可你爸爸为什么不照顾她呢？”

“我没有爸爸。”她悲伤地说，“我小的时候爸爸就去世了，家里只有我和妈妈，另外还有一个女仆。可女仆不懂药物，让她照顾妈妈我不放心。”这时，阿马尔发现她没有带饭盒。“你今天怎么吃午饭？”阿马尔问她。

“今天早晨我没来得及做饭，中午找地方去吃。”

“不要到其他地方去吃了，”阿马尔很决断地对她说，“和我一块儿吃好了。我早就想请你吃饭，现在终于有机会了。下午一点我们一起到露天餐厅用餐，那里很方便。”

“谢谢。”她说，“可你为什么请我？”

“不要多说了！”阿马尔说，“我已经订好在那里吃饭。为什么不能陪我吃顿饭呢？”

她在她平日下车的车站下车后，阿马尔才意识到他们仍然不知道彼此的姓名。

阿马尔在商场外面从一点等到一点半，一直未见她到来。他由焦急转为生气。最后，他独自走进餐厅，要了一盒包子和一杯咖啡。

第二天，阿马尔在车上见到她时，急忙转脸走向车的前部，一路上，一次头也没回。当他在议会大街下车时，他惊奇地发现她也跟着下了车。

“我想请你原谅。”她赶上阿马尔说，“你一定以为我是一个非常无礼和没有教养的姑娘。昨天我刚离开办公室要来见你，可突然头晕虚脱。你知道，我这几天一直没吃早饭。让你失望了，我很惭愧。可我不知道你的名字，也不知道去哪里给你打电话。请原谅我，我今天想和你去吃饭，要是你还愿意邀请我的话。”

瞬间，一切气恼都没有了。是阿马尔应该请她原谅。“请不要想它了。”他说，“你应该找医生看看。瞧，你为了照顾你妈，自己都消瘦了。”

阿马尔叫了一辆过路的三轮车。“我送你去办公室，”他说，“我下午一点来接你。不要多说了，快上车。”她向阿马尔道谢后，上了车。很快，他们便来到一家大商场跟前。

“这就是我工作的地方。”她说，“如果你来接我，那我就在这里等你，先生！”说完，她顽皮地向阿马尔一笑。

来到一家阿马尔最喜欢的餐馆。他们做了自我介绍。她的名字叫米娜·克什·塞蒂，她从获得学位后就一直在这家商场工作。

“他们给我的工资很少，我想再找一个好的工作。我妈妈在一所女子学校教书，她的收入比我还少。我爸爸留给她的钱都用来供我上学了，所以我应该照顾她。她很快就要退休了。”

这是他们第一次约会。一天下午，阿马尔带她看了一场电影。黑暗中，她让阿马尔握住了她的手。此刻，他已爱上了她，可他不知道她对自己的想法如何。一次，他们外出游玩。他向她试探地问："我想不一定哪一天，你就该出嫁了。"

"我妈拿不起嫁妆。"她惨淡地笑着说。

"要是有人不是为了嫁妆，而是为了你而同你结婚呢？"阿马尔问。

"我还没有遇到这样的人。"她说。她的脸红了，作为一个女人，她知道他下面该说什么。

"你现在就遇到这样的人了。"阿马尔说，"可我还不知道你住在哪里，我怎么和你妈妈说我们的计划呢？"

她说："你们家里怎样呢？你父母对你有什么打算？"

"不要担心我们家，"阿马尔向她保证，"我父母只希望我幸福。"

不久，他们就结婚了。

（阿马尔·迪弗）

第六辑

我用一辈子的时
间告诉你

永恒的爱

初恋或许能进驻血液，让你目眩神迷；但持久之爱能进驻灵魂，它比骨肉更有力。

因为有四天的假期，班尼特和妻子驾车离开拥挤不堪的费城。他们驶入海滨公路，开往大西洋城的一个港口。

每次踏上这段路，班尼特都免不了回忆起 20 世纪 70 年代初在大西洋城上大学度过的那个夏天。凝视着前方幽深的空间，过去的幻影历历在目。他仿佛看见自己坐在门廊里悠闲地读着小说，在晴朗的天空下懒散地躺在海滩上，充满青春活力的他骑着自行车飞奔。他想起了初恋情人詹妮。“你在想什么？”妻子问。“没什么，只是想我在这儿住过的那些日子。”

第一次见到詹妮是在七月的一个早晨，班尼特正在擦餐馆的窗户，这时一个女孩来到门口。他注视着她走进门来，她遇到他的目光时报以微笑，他发现自己打招呼时竟口吃起来：“我是这儿的新服务生。”他的脸顿时开始发热。

那一天班尼特只想在川流不息的顾客中间停下来找她说话。每次看见她，他的目光都禁不住逗留一阵。有时凝视的样子会被人发现，他感到很不好意思。在后来的几天里，他们开始在中午休息时聊天。不久后，他们一起来到海滩。那天下午他和她躺在毯子上，看着阳光下她那光滑的皮肤，他呼吸急促，又极度兴奋。

在后来的日子里，他们漫步在大西洋城的木板路上，坐在房间听情歌，那歌词好像就是在讲他们的故事。他再也记不起当时他们都谈了些什么，重要的是她在那儿，谈了些什么又有什么关系呢？

一次舞会结束后班尼特送她回家。半路上，天下起了暴雨，街上变成了一片汪洋，他们在凌晨三点钟的黑暗里慢慢前进。他们把车停在她家外面，两人坐在车里交谈起来。

“我想起你的时候心就跳得特别厉害。”班尼特对她说。她笑了。“是真的。”好些个晚上躺在床上，耳边是大海的呢喃，只要一想到詹妮，班尼特的心就跳得厉害。那种感觉不是爱又是什么呢？他几乎要向她表白了，但此时处于甜蜜之中的他们似乎不需要这些，甜蜜将一切风雨都挡在了外面。

那是他们工作以外的最后一次见面。一个星期后，詹妮来到餐馆后面的售货亭，表情严肃。“怎么回事？”他问。

她停了一会儿说：“我男朋友又回来了。我原以为都结束了，他说他还爱我，我想我也爱他。”班尼特无话可说。

那天下午剩下的时间班尼特一直处在茫然之中。夏天的最后三个星期他都不知道是怎么熬过来的。他想这份伤是无法治愈了。许多个月过去了，他心中仍保留着詹妮的位置。

两年后春天的一个星期六，班尼特走进费城的一家书店，问梯子上一位年轻女子哪能找到莎士比亚的《十四行诗》。她朝下看着，告诉他诗歌柜的位置。

几星期后班尼特在走廊上看见书店的女子从附近的教室离开。他还记得她那淡黄色的头发，热情的声音和充满智慧的眼睛。她也认出了班尼特，微微一笑。

“梯子上的女孩。”班尼特说。

“莎士比亚的《十四行诗》。”

“你总是记得人们问你的书吗？”

“如果那个人值得记住。”

班尼特也报以微笑。分别时他们交换了姓名，她叫苏珊。

从那以后班尼特经常碰到苏珊，他们通常是打个招呼或说句笑话，然后就各奔东西。有时他们在图书馆后面见面，在无花果树荫下交谈，或者散步。如果她没有来，他也觉得无所谓。他们只是朋友似的在一起共度光阴。他只想那样，自从受到詹妮的打击之后，他对任何人都难以敞开胸怀。

有一天下午，他们的谈话涉及各自的父母。“你可能会喜欢我母亲。”班尼特说，“我父亲在我 11 岁的时候就死了。”

班尼特很少向别人透露这些。苏珊碰了碰他的胳膊：“我也是。”她明亮的眼睛里突然掠过一片乌云。那天下午他们在一起坐了很长时间，思绪万千。几个星期后他们就开始约会了。

因为白天要工作，他们只是晚上才能在一起。他们总是在海滨度过宝贵的时光，但只是互相交谈而已，好像他们埋藏在心中的激情都无法向对方表白。有个晚上，月光洒在水面上，把海洋和地平线连在一起。

“好像我们可以走在上面一样。”班尼特说。

“那会把我们带到哪里？”

“我们想去的地方。”

“你想去哪里？”

“我不知道，但我想让你跟我一起去。”

“好啊。”他们拥抱在一起，尽管夜色已深，海风正凉。就是在这里，苏珊完全融化了班尼特那颗受过伤的心。她也向他透露了她的秘密、她的恐惧、她的希望。他意识到这才是真正的爱。

后来，班尼特经常给她写信。她把那些已经发黄的信都完好地保存了下来，再用一块粉红色的丝绸包起来。他也收到苏珊的来信，并把它保存在盒子里。每一封信都告诉他，为什么他想和她一起度过自己的一生。

第二天班尼特和苏珊起了个大早，去海滨“问候大海”。她总是这样说。海边的清晨有种特别的宁静。他们在有些凉意的海风中走过几个街区。苏珊牵着班尼特的手，他们赤脚走在凉爽潮湿的沙滩上。走了一段距离之后，班尼特停下来背靠沙丘坐下休息。苏珊则沿着海岸线开始寻找漂亮的贝壳和石头。她不时地回过头来看班尼特，早晨明媚的阳光勾勒出她美丽的身影。

初恋也许是刻骨铭心的，但是持久永恒之爱也可以刻骨铭心。因为它融合滋养了两人最珍贵、最美好、最崇高的部分，并且理解、宽宥彼此的不完美。初恋或许能进驻血液，让你目眩神迷；但持久之爱能进驻灵魂，它比骨肉更有力，它使他们完整，使他们安全地在生活中航行。

班尼特可以就这样好几小时地看着他妻子苏珊，看着浪花打碎或是向前拥着她的裸足。在这个不时有伤害和痛苦的世界，他深深感激，太阳又一次为他升起，带来了这样的爱。

（班尼特）

八朵玫瑰

如果可以成全另一份爱，那么爱一定不会介意它形式上的小小残缺。

手里握着邮差刚送来的杂志，我站在门边，仍不敢确定发表这篇文章是对是错。他是否会看到，是否会猜出“青果”是谁。我只知道，除了他，也许不会再有人能读懂这篇文章。

他叫皓，是好友玲堂兄的死党，也是那所大学颇有名气的才子。记得那天我是陪玲找她的堂兄，恰巧赶上他们系在搞一场篮球友谊赛。皓并非场上主力，但他专注的神情却相当引人注目。赛后，在堂兄的介绍下，我们相识了。当时只觉得他很和气，笑起来让人感觉暖暖的。以后，我便常常随着玲到大学去玩儿，参加他们的party，自然而然同皓的接触越来越多。外表普通的皓其实相当优秀，他的文章不时出现在报纸杂志上。可他对于这些看得很淡，每当我称赞他的作品时，他只是笑笑，算是接受。

我欣赏他的性格，也因此喜欢接近他、同他交谈。他善谈，有许多时候我都是在做一名尽职的听众，听他讲他的生活、他身边的故事以及种种看法和观点。他是个细心的人，很懂得如何去关心别人，对于我们几个小他两三岁的女生，他总是很宽厚，任我们疯、任我们闹，甚至任我们提一些过分的要求。因他的包容，玲和其他几个女孩一致决定认他为大哥，而我却没有。我不想只当他是兄长，我想要的是另一种感情，而他似乎不懂。

在他们结为兄妹的那天，大家去酒店庆祝，非常开心。他问我，为什么不像她们一样认他为大哥。现在我还清楚地记得我的回答。我说："我只想做你的朋友，以朋友的身份接受你的关心与呵护。"可是，我当时更想说的是，以一个朋友的身份默默地爱你。

然而，这句话始终没有说出口。我知道自己对他的感情，却不敢向他倾诉。

如果他只把我当妹妹，我无法想象自己将如何面对他。挣扎是痛苦的，在无法承受煎熬之时，我终于将心事倾注于笔端，让一切化为文字寄出。我选择了他常读的杂志，希望他能读到、读懂。

今天，文章刊出来了，正赶在情人节前的第三天。

正在我踌躇着要不要翻开杂志时，玲来了电话。她带来了令我兴奋的消息——情人节去卖花。

很好的提议使我暂时抛开烦恼和她聊起细节，一共 7 个人，大家可以分成三组。我与她加上她堂兄三人一组。

情人节的大清早我还没起床，玲的电话就充当了起床号："我们不用三个人一组了，皓同你结伴。"

"他不是有事吗？"我掩饰住自己的惊讶问。

"是呀，他原本是说有事，可是昨天又打电话给我说可以改天。"

就这样，原本应该同玲在一起的我与皓配成了一组。

我们的花很新鲜，价钱又适中，所以销路不错。皓和往日一样并无异常表现。

他一定没看到我的文章，我想到这点，失落感顿生。

天色渐暗时，桶中的花剩下不到 20 枝，皓突然对我说："替我留下 9 枝，其余的卖完我们就回去吧！"

我点头，却为了他的话心中泛起痛楚。他要留下9枝玫瑰，一定是送给他心爱的女孩。

记得玲说过，送9枝玫瑰是希望与对方长久相守；“青果”也曾在那篇文章中提过——能收到9枝玫瑰的女孩该是多么幸福！直到夜幕降临，我们才把花卖光。街上的行人渐渐稀少，卖花人大都已收拾离开。

“应该把它们重新包装，至少绑在一起才好。”我把那9枝单包装的玫瑰递给皓，竭力保持平和。他望着我，温柔地笑着：“是应该绑起来，还有丝带吗？”我从提包中摸出所剩无几的丝带，递给他。

“不多了，应该还够。需要帮忙吗？”

“不了，我自己可以。”他接过丝带，客气地回绝了我的好意。

是啊，亲手包起来才能显示他有多么重视她。真切的心痛在胸中浮起，让我无法再看他。

忽然，我的耳边响起一个声音：“小姐，还有花吗？”

“抱歉，刚刚卖完。”回答他的同时，我十分诧异。看他已步入中年，很难想象还会接受年轻人的浪漫方式。

“噢。”他失望地看看空空如也的塑料桶，轻应了声，突然发现皓手中握着9枝单装的玫瑰。“那花，可不可以卖我一枝？”

“我已经买下了。”皓不客气地拒绝了他。

“让给我一枝好吗？我只要一枝。”他仍不死心，似乎有些恳求。也许是因为现在的街上已没有卖花的人了。

“对不起，我不能卖。”皓答得很坚决。

那男人神色有些黯然。“早些过来就好了，她一直喜欢花，若不是从孩子口中得知她希望情人节想得到一枝我送的玫瑰，我还不知道该送她什么呢。”

他像在自言自语，说完，一脸遗憾地离去。

“难道只差一枝？”我问盯着男人远去的皓，语气中的责备远比我想象得严重，连我自己也说不清是为了那个男人，还是在妒忌皓对那个女人的情意。

皓收回目光，看着我：“我怕她会介意。”

我无话可说。他要把花送给爱人，自然希望送这最能表达心意的9枝。

8枝又算什么？而我又有什么资格去责备他呢！我转过身不再说什么。

“如果是你，会不会介意？”听到皓这么说，我转过身，不解地望向他。

“我是说，如果你的男友把原本准备送你的玫瑰让给他，你会不会介意？”

他小心翼翼地问，像是怕说错了什么。

我会吗？应该不会。只要对方真心爱我。

我甚至不会介意他是否在情人节送我玫瑰。那只是形式，不是吗？

“我不会。”我十分肯定地回答他。

“为什么？”

“玫瑰代表爱情，但它并不能换回真正的爱。真爱是心灵的相通，是全心的付出，就像他。”

我望向渐远的中年男人的身影。“他不知道送玫瑰有何特殊之处，但他知道自己的妻子希望得到，所以会在忙碌了一天后替爱人寻觅玫瑰。也只有到了他们手中，玫瑰才会绽放出炫目的光彩。”

“所以，你不会介意把自己的一朵送与别人。”

他替我接下去，同时露出释然的微笑冲我说：“等我一下。”

然后他便以百米冲刺的速度朝着男人的方向跑去，我看到他从花束中抽出一枝递给他。男人想从口袋里掏钱，被他拒绝了。

“谢谢你，为他。”等他走到我身边，我说。

“他已经谢过了。”他站在我面前，温柔地笑。

好喜欢他温柔的笑容，却无法抑制住自己的悲伤。也许以后我再也无法看见他此时的笑容了。

看一眼昏黄的街灯，我说：“走吧。”

他并没动，仍旧立在我面前，深深地凝视我。

一时间，我被他看得无所适从，他从未用过这种眼神看我。我想说话却不知如何开口，只能立在原地，目光停伫在他手中的玫瑰上。

他突然伸出手，把花捧到我面前：“送给你，情人节快乐！”

我惊讶得无以复加，花真的是送给我的吗？这些代表爱情的红玫瑰？

“收下它。”见我怔在原地，他走近一步：“你说过并不介意少一枝的。”

“可是，为什么送我？”也许他只是怕我一个人过情人节寂寞而安慰我。依他平时对人的体贴，这种事——他也许能做出来。

“难道在情人节送女孩子玫瑰还会有其他理由吗？”他笑得依旧很温柔，回答却很“鬼”。

我立在原地，不去接他的花，不去看他的脸，更不去望他的眼，只是盯着他手中的玫瑰。至此仍无法肯定他的感情，因为自始至终他从未表示过他是爱我的。

我有些激动：“你为什么要这么做？如果你只是想安慰我，这大可不必。没人送花我一样可以快活地过情人节。我不需要你的怜悯。”我的脑子乱成一团，根本理不清头绪。

皓收起笑容：“别这样，听我说好吗？昨天我看过一篇文章，文章讲述了一个很令人感动的故事。一个善解人意的女孩一直默默地恋着一个男孩却不敢向他表白。其实她很傻，她不知道他也爱她，而且和她一样傻。他也矛盾，也不敢表白，怕表白之后连朋友都做不成。其实，他并没有女孩描述的那般优秀，在真正需要勇气的时候，他却是那样懦弱、胆小，使得两个人一样痛苦着。我很喜欢那篇文章，更喜欢女孩的名字——‘青果’，一颗未成熟的果子，美丽而富于诗意。”他看过了，而且读懂了！

突然之间，我好想哭，眼泪在眼眶中打转，最终不受控制地夺眶而出。他被我吓倒了。他曾说我是个坚强的女孩。

而今天，我的泪因他而落。

他把花抛在桶中，一把拉我入怀，他把我紧紧地拥在怀中，用他的温柔罩住我：“其实，我很早就爱上你了。当你坐在我身边认真听我讲故事时，我就认定，你会是我今生最爱的人。可是，我不敢肯定你对我的感情，我怕说过之后连朋友都做不成，你懂吗？”

我怎么会不懂！一直以来我不也是这么想的嘛！

他低下头望着我含泪的眼，“我很矛盾，所以当玲策划今天的活动时，我推说有事不想参与，我不敢与你共度情人节。但是，昨天，我看到了那篇文章，我才知道……”他突然打住，不再说下去，只是温柔地望着我。待在他怀中，我不再抗拒，我明白，今后的日子将不再孤单。因为有他相伴，有爱相随！

（青果）

爱的诺言

誓言，用不离不弃的相守兑现。

她和他在快大学毕业时才开始恋爱，小桥流水似的自自然然，两人不像其他同学那样缠缠绵绵、终日形影不离，也很少说甜言蜜语，但两颗心却一日日地贴近。

那天，他在一次例行的体检中，发现脑部长了一个肿瘤。虽然很快就做了切除手术，但切片诊断是恶性的。医生还语气沉重地告诉她："手术只是暂时控制病情，根治的可能性微乎其微。"

不愿相信这样事实的她，带着他又去了几家大医院，诊断的结果是一致的——他患了难以治愈的恶性脑瘤。

面对巨大的不幸，一向胆小怕事的她没有惊慌，反倒变得异常冷静。她安慰他："医学上有很多的奇迹是病人创造的。你要挺住，我说过爱你的，就一定会永远陪伴在你身边，相信总会有办法治好你的病的。"

抚摸着四处奔波求医问药的她那日渐憔悴的面颊，他泪眼婆娑。

当她告诉家人她爱上了一个脑瘤患者时，全家上下、左邻右舍都像炸了锅似的，异口同声地劝她赶紧结束他们前景黯淡的爱情，说凭她那么好的条件，完全可以轻松地找一个很不错的对象，没必要继续恋着朝不保夕的他。

她却不顾父母的苦苦哀求和朋友絮絮的劝导，依然常往医院里跑，用细致入微的关照，向他传递着心中那份忠贞不移的爱。

待他病情稍加稳定，她便和他商量结婚的事。深受感动的他拉着她的手，拒绝道："我们彼此曾经深深地爱过，我就已经很知足了，我不能太自私了，你应该有自己的幸福，不要再跟着我受罪了。"

她嗔怪道："你忘了，你说过爱我，我也说过爱你，你我相爱，怎么能够离开呢？"

"那时我没有患上绝症，现在……"他的眸子里闪过一缕黯然。

"可我觉得我们的爱还和从前一样。"她微笑中透着不容置疑。

在众人的反对和不解中，她和他走过了幸福的红地毯。婚后的第三天，他又住进了医院，又做了一次大手术，她一连三天三夜没有合眼。

此后，他就频繁地进医院，他的脑瘤一再切除，已经扩散的癌细胞却像锄不尽的野草，顽强地繁殖着，旧的切除了，新的肿瘤又生长出来，那样反反复复地摧残着他的大脑。

为了极力地挽救他的生命，她把一份常人难以想象的重负担在了柔弱的肩头。为了多赚钱，她又兼了两份工作，家里家外，忙忙碌碌，像抽得飞转的陀螺。

看着她辛苦的样子，他痛心疾首，不忍再拖累她，有几次企图自杀，但都被早有预防的她发现了。在她泪流满面的哀求中，他答应她要配合治疗，好好地活下去。

她几乎所有的收入都变成了他的医疗费，还欠了许多债，她的衣食住行都简单到了最低点，可她丝毫没有为自己当初的抉择懊悔过。

陪伴着他走过了12年艰难的求医之路，她创造了令医生惊叹的奇迹——他的脑瘤还没有压迫视觉神经和其他神经，预言中一两年内就会出现的失明和瘫痪至今没有任何迹象。

当有记者问她，为什么十几年如一日无怨无悔地照顾他？她淡然地回答："因为我说过爱他。"

这是一句多么简单的爱的誓言啊，可她为此付出了生命中最好的年华，付出了常人难以想象的艰辛。面对红尘滚滚中那些泛滥的海誓山盟和太多太多的爱情变故，面对她真情演绎的故事，难道我们不应该在感动的同时，好好地珍惜自己拥有的爱吗？

"执子之手，与子偕老"，不该只是一时冲动的爱情表白，而应是我们生活中随时可见的美丽的风景……

（佚名）

最后一次拥抱

人总是在失去后才感觉可惜，然后悔恨当初为什么没有耗尽全力。

我是那种对什么都不乐观的人，平淡的交往与结束，连分手都干脆到只用一句话语。但，终于沦落到只能全力去哭泣。

小聂和我站在城市的天空下，川流不息的车辆开过。我很久就留意她了，她总是会多等待一个红灯，再飞快地穿过。我们仿佛相熟已久，看待对方的眼中都流露出感伤与依赖。我常常会停住脚步陪伴她，虽然依旧互不相识。

城市里的人都是彼此陌生，却又期待相遇。我曾问过一个聊了很久的网友，只要一通电话，一个地点，我们就能够看到对方，又何尝不妥呢？她告诉我，有一种感觉，只有在未见面的时候才能感受到，一旦穿透，就会显得毫无意义了。所以我始终都只是在等待小聂。

日子一天天过去，工作渐渐有些疲软，下班后打算好好休息，老鬼破天荒打来了电话，这，应该是许久之后了吧。

“豫东，我要走了。”老鬼喝了一小口酒。“会想念我吗？”

我木然地点头。

“比利时还真的很冷酷哦。记得有空给我寄去几条烟吧。”

“是骆驼吗？”

“对，我们都爱抽的那一种骆驼。”

离别是建立在三年感情的基础上，我居然忘记了如何伤感。我们只是冷静地坐着，聊起玩乐的故事，聊起逝去的恋情，聊起从前的尴尬，略带脏字的问候与谩骂。这已是很久之后我们的又一次聊天了。时间慢慢流淌过一点钟，两点钟。我很希望能拥有永远不完的岁月。

“豫东。我还能帮你做点什么吗？”他问。

我想了一会儿，“那，再去奔跑一次吧。”

“呵呵，可以吗？瞧我这个肚子。”他抚摸着说道。

晚上九点钟，我们站在酒吧的路口。“开始跑吧，一直到筋疲力尽了为止。”我跑了起来，步伐时而加快时而缓慢，有种站在红色幕布下表演的感觉，一盏巨大的闪光灯笼罩住我，欣赏我的凌乱舞步。回头看一下老鬼，他和我始终相隔一段接近的距离，笑着。其实老鬼是想让我带着他，走入我自己的森林。

今晚很美好吧。我再也没有去理会繁华而喧闹的噪声。这一切都蒙上了淡淡的哀愁。腿脚慢慢不想挣扎，我站在红绿灯路口停下来大口喘着气。老鬼轻轻地拍着我的肩膀："豫东，你还是这么弱不禁风哦。"

忽有一种悲伤的感觉，因为我知道，老鬼的笑容再也看不清了。猛然发现小聂就站在红绿灯口下，她低着头，在思索什么。我看着老鬼一步一步地走远，又在二十米外的地方停下脚步："你一定要学会幸福噢，豫东。"可我所能够做的，只是看着小聂，然后掉头走开。

我又去问那个网友，人与人之间的距离会不会随着年复一年，相隔遥远而冲淡呢？那么相互接近的两个人有没有彻底释然的那天？她和我说："豫东，你还是上网吧。"

"为什么？"

"偌大空虚的互联网里会有一种脱离现实的快感。我可以陪伴你，无论何时。"她说。

在二十三点钟上线，陷入一种不去思维的状态。这时通常她会换一个名字去聊天室，我看着不断跳跃的文字，猜测哪一个名字背后是她。当熟悉的味道来到时，我就对着屏幕后的那个名字攀谈起来。

断断续续里知道她是一个短暂失业的女孩，困在家里消磨时间，又在犹豫下一个工作。

"打算做什么呢？"我好奇地问。

“幼师啊，和孩子们一起纯真飞扬。”

我的脑中忽然闪现这样的画面。她站在孩子群中像天使那般炫耀欢乐，我躲在一端。而后我们看见对方。天空慢慢放晴了。

“喂。豫东，你在逃避吗？”

我抚摸着白色的显示器，触摸她的名字，老鬼发来的邮件，天空渐渐明亮了，等待我的是毫无逻辑还要继续的工作，压力宛如黑色的夜幕，正让我彻底迷失方向。

老鬼又打来两通电话。“豫东，我明天就要走了哦，去机场送我吧？”

我答应了，而后上网。进入聊天室。找到她，继续倾诉。我很奇怪为什么会萌生那种消极对待的念头，此刻的我正寄托在一种不复存在的安慰里。

这次她先发来话，固定了名字：小聂。

“我要去工作了。”小聂说。

“很好啊。”

“去别的城市。而后寻觅另外的生存方式，像候鸟一样飞翔。”

“不来聊天室了吗？”我问。

“嗯。”感受她的轻轻叹息。

“能告诉我你在网络中待了多久吗？”

“三十天。从遇见你的那天开始。”小聂说：

“这里还有你值得留恋的人吗？”

“你，还有……”

“嗯？”

“和一个陌生的男子。”

“陌生人？”

“我和他每天都会相遇在红绿灯下，看见对方，其实我很想认识他，只不过害怕失去那种淡淡思念的感觉。”她说。

我略微不解。

“对待他。有种对陌生人的依赖与思念，那些相识的人总会在不经意里都要离去了。”

又聊了一会儿。随意延伸的话语。

“现在我们告别吧。豫东。”

“嗯。”

小聂的名字刹那间在聊天室里消失了，我等待了三个钟头。看着里面的男男女女幽默的调侃，弥漫着网络特有无厘头的对话方式。我确定小聂是再也不会出现了，随手关掉了电脑。

“喂。豫东，在这里哦。”老鬼大包小包地扛着握着行李。“是不是有种特别壮烈的感觉，好像是奔赴战场的勇士？”

我笑着过去拥抱他，而后悄悄地伏在他肩膀落泪。

“八年后，等我混得像样了就回来。你的邮箱和门牌号都不会变换吧？”

“谁知道呢，八年失去联络的我们会成为什么模样。”我淡然。

“呵呵，再见吧，豫东。”

“嗯。”

他转身，而后又很快回头：“我忘记带走一样东西了。”

“嗯？”我显得很悲伤。

“带走我最要好的朋友。”

站在外面的露天平台上看着飞机起飞，知道什么都已无力去更改了。我是如此渺小，面对巨大的现实，任何停留都会有一个终结。

又站在红绿灯路口，我很想再看见那个女子。直到她径自走到我身前。

“你好。我是小聂。”

我这才明白原来在现实与虚拟中所等待的是同一个女子。

“我要认识你。”她说得很坚定，“因为我会离开，你是我这一个月以来的依赖。我需要一场告别作为结束。”

我告诉她，我就是豫东。真实里的豫东。

我们站在那里微笑，足足度过了十个红绿灯，每个红绿灯熄灭与亮起，她都会淡淡焦虑地去看一眼。我也在默默倒数将要到来的结束。现在都很稀松平常了，我这个伤痕累累的男人不怕再多受一刀。

“给我最后一个拥抱吧，如何？”她问。

“拥抱？”

“从遇见你的第一天起就有想要你拥抱的冲动。”她扑入我的怀中，曾经孤寂的内心忽然有了空前的幸福感，我伸手将小聂紧紧抱住。

闭上眼睛，仿佛感觉到老鬼又站在二十米外的地方停下脚步，最后一次祝福我一定要永远幸福。我心中幸福与悲伤的天平却彻底崩溃了。我亲吻着小聂，期待那一种幸福能够由短暂延伸无限。

“再见了，豫东。”

“再见了，小聂。”

伴随她的离去，再也承受不住的泪水全部流淌出来。我真的哭泣了，在小聂完成我最后一个拥抱之后，我们的故事已黯然落幕。

星愿之夜

天空的流星不断地出现，越来越多，我知道，那是你在用自己的泪来照亮属于你我的夜。

夜未眠，叶满天，风吹红叶落，翩翩舞风中。

今夜未眠，只为看一场雨，一场难得一见的雨，流星雨。

他已经不在，那个要陪我看流星雨的人……

记得认识他的时候也有流星雨，而当时和他聊到流星雨的话题时很简单，只是因为那场流星雨。他说是天蝎座流星雨，而我说是狮子座流星雨，结果呢？我们都对了，是在天蝎座日期里下的狮子座的流星雨。

他说，对着流星许一个愿望，愿望就会实现，而在流星雨里无疑许愿是最容易成功的。于是他便有了一个陪我看流星雨的理由，一个笨笨的理由。

那夜如今夜，夜凉如水，红叶满天，我们坐在枫树下，数着还没有开始滑落的繁星，星星无语，而我们也无语，两个人只是默默地坐着，看着那没有月亮的夜，终于我忍受不了夜的寂寞，想找一个话题。于是我问："今夜怎么没有月亮？"

他傻傻地笑了笑，没有说什么。

我只好又问："你知道流星是什么吗？"

他终于回答了。回答了一句可以让我记一辈子的话。

"流星是月亮的泪，你看，月亮躲在一个无人的角落，偷偷地流泪，当她的泪落在了凡间就会化作流星，这就是流星雨，静静地看着别人的伤悲，这种感觉竟然是如此的美丽，你知道她为什么流泪吗？”

他的话已经让我开始发呆了，所以我没有回答。

“当人们看着那轮美丽的圆月的时候，有谁知道月亮的寂寞，当她的寂寞达到无法忍受的时候她只好选择流泪。于是她给夜空中带来了美丽，即使是在她伤悲的时候，她的眼泪也给我们带来了希望。看流星！”

一颗美丽至极的流星划过，然而我此时已没有了看流星的心情。

他闭上了眼睛十分专注地许愿，看着他专注的表情，我忍不住也闭上了眼睛，许了一个愿，我的愿望是希望他的愿望可以实现。

当天空中满是流星的时候，我依稀地看到他眼角上的星光，“你许的是什么愿？”我还是忍不住要问他。

“我的愿望是希望我永远都看不见流星雨，因为它来自月亮的伤悲。”

我静静地愣在那里，看着他，他对我笑了笑，憨憨的。

现在他的愿望实现了，他再也看不见流星雨了，而我还能看见。

流星落尽夜将尽，只愿此夜无人悲。

那时，痞子蔡的《第一次亲密接触》正流行，于是我对他说了一句曾让我最感动的话。

“如果我还有一天寿命，那天我要做你女友。

我还有一天的命吗？……没有。

所以，很可惜。我今生仍然不是你的女友。

如果我有翅膀，我要从天堂飞下来看你。

我有翅膀吗？……没有。

所以，很遗憾。我从此无法再看到你。

如果把整个浴缸的水倒出，也浇不熄我对你爱情的火。

整个浴缸的水全部倒得出吗？……可以。

所以，是的。我爱你……”

接着，他说了一句成为我今后永远的痛的话：

“如果我还有一天寿命，那天我要做你男友。

我还有一天的命吗？……我有。

所以，很幸运。我今生可以成为你的男友。

如果你有翅膀，你一定会从天堂飞下来看我。

你有翅膀吗？……没有。

所以，只能靠我自己，我会上去看你。

如果把整个浴缸的水倒出，也浇不熄我对你爱情的火。

整个浴缸的水全部倒得出吗？……可以。

所以，是的。我爱你……

希望你成为我的妻。”

泪水滑落但不是因为伤悲而是因为喜悦，“我爱你。”我对他说，说出了我一生只会对一个人说的话，我认定了，那个人就是他。

夜好凉，已经无人帮我披上他那件还留有体香的衣服，虽然我穿了好多衣服，但是再多的衣服也抵挡不了心凉的感觉，我好冷。你可知道，流星还没有开始滑落，时间没有让你的样子模糊，反而使它更加清楚。慢慢地，他的事情再度浮现。

从那天起，我便成为他的女朋友，同时也度过了自己最幸福的时光，然而幸福的日子总是短暂的。我的不幸，起源于一场车祸，其实那根本不能算是什么车祸，因为他只是擦破了点皮，但是我还是很紧张，于是我带他到了医院，而后大夫和他说了些什么我就不知道了。

从医院回来之后，他对我好好，他甚至请假来陪我去了杭州，去看西湖，不过他变得很容易累，但是他还是把他以前对我承诺过的事情都做了，陪我去西湖划船，陪我看日出、看夕阳，他那个时候真的对我很好，他甚至和我每天都说“我爱你”，虽然有时候我感觉好肉麻但是我还是好爱听他说。后来他还对我说，我不能在什么场合都对你说“我爱你”，我们来个约定好不好？只要我对你做同样的三个动作，就算是对你说“我爱你”了，比如说敲三下桌子什么的。我当然只能说好了。我们照了好多好多的相片，我当时还认为他太花钱了，因为我们都不富裕，现在我却好后悔没有多照几张。

从西湖回来后，他忽然变了，变得好快，变化好大。他变得喜欢自己静静地发呆，他变得不喜欢理我，甚至开始认为我烦了。我看了一本书，书上写着，感情只可以维持 18 个月，而我们那个时候正好认识了 18 个月。难道他不爱我了吗？我好害怕。

后来，他一下子多出来好多缺点，但是我都忍了，因为我爱他，爱得好深好深，直到，有一天……

那天我去他家看他，结果一开门（我有他家的钥匙）我就看到他竟然和一个半裸的女人躺在床上。

一个女孩可以容忍她的男人有任何缺点，但是很难容忍另一个女人和她一起来分享她的男人。

我终于忍不住了，我向他提出分手，他竟然毫不犹豫地答应了，我当时并没有感到诧异，只是对他没有做任何事情来挽救我们18个月的爱情而感到伤心。我离去了，离开了这座令我伤心的城市。

直到他的母亲打传呼给我，传呼上只有三个字，但是只是这三个字便让我重新踏上了我发誓一辈子也不回来的城市——他死了。

当时我头脑一片眩晕，他母亲从来没有骗过我什么，但是这次我却希望她是在骗我，我用我最快的速度回到了他的家，那个我所熟悉的地方，当我看到了他的遗照，我知道我再也无法挽回什么了。

他死了，他真的死了。我无法相信。

“其实他在出车祸之后就知道自己得了绝症，所以以后的事情都是他做给你看的。”他母亲对我说。

我好恨，恨我自己，恨我自己竟然没有从他的反常中看出来什么，恨我自己竟然在他最后的时光里离开了他，我恨我自己，恨不得我自己死去。

“他有封信给你，但是要你先答应这张字条上的事。”他母亲把字条给了我。

“好好活着，我爱你。”我的眼泪再次流了下来。

“我答应。”他母亲把一封信给了我，对我说，这是他留下来的三样东西之一，现在都可以给你了，一件衣服，一张我们在西湖拍的照片和那封信。

我打开了信，上面写着：

如果我还有一天寿命，那天我要做你老公。

我还有一天的命吗？……没有。

所以，很可惜。我今生仍然不是你的老公。

如果我有翅膀，我要从天堂飞下来看你。

我有翅膀吗？……没有。

所以，很遗憾。我从此无法再看到你。

如果把整个浴缸的水倒出，也浇不熄我对你爱情的火。

整个浴缸的水全部倒得出吗？……可以。

所以，是的。我爱你……永远爱你！

眼泪再次滑落，也是最后一次滑落，因为它滑落的同时我发誓，永远不再流泪，因为他最不喜欢看我流泪。

今夜有月亮，她让我怀疑今夜是否会有流星出现，明天是天蝎座的他的生日。电视里说流星雨会在1∶15分开始，也就是在他的生日里出现，我会看见的，如果这次流星雨不是月亮的伤悲的话，那么就当作是我伤悲吧。

随身听里放着周惠的《约定》，还记得我们的约定吗？我还记得。每天我回到家中都会开关三次灯来告诉你，我爱你；你还记得吗？吃饭的时候饭桌上不但有你的筷子，我还会敲三下桌子告诉你，我爱你；每当我路过我们曾一起走过的地方，我都会敲三下什么东西来告诉你，我爱你。

从皮包里我拿出了你的那件外套，我把它披在我的身上，虽然上面已经没有了你的体温，天真的好冷，我把我的手放进了衣服兜里，本来那里还应该有一只粗糙的手来握住我的手的，但是里面没有，里面只有一张纸，薄薄的。我以前从来没有发现的纸。

我打开它，而我的手在发抖，在手电那微弱的光下，我看清了上面的字：

世界上最遥远的距离不是生与死，

而是我就站在你面前，你却不知道我爱你；

世界上最遥远的距离，不是我就站在你面前，你却不知道我爱你，

而是明明知道彼此相爱，却不能在一起。

世界上最遥远的距离，不是明明知道彼此相爱却不能在一起，

而是明明无法抵挡这股思念，却还故意装作丝毫没有把你放在心上。

我爱你，我的妻，爱我的话，对着流星许个愿让我知道，你爱我。

我抬起头，眼角没有泪，但是有些红。天空滑落今夜的第一颗流星，我闭上眼许下我的心愿：我的最爱，让我知道你爱我。

当我睁开眼睛的时候，整个天空只出现了三颗流星，排得很整齐的三颗流星，逐一而落，逐一而灭，同一个方向，划过同样的距离，我知道，那是你对我所说的三个字：我，爱，你！终于眼角滑落了一滴晶莹的泪，它是为你而流的，我的爱人。

天空的流星不断地出现，越来越多，我知道，那是你在用自己的泪来照亮属于你我的夜。

对着流星许个愿，让流星来帮你实现。

今夜无人伤悲。而我躲在你的怀里，安然入睡。

爱是一个动词

一个人最可怜的是没被人爱过或爱过别人，而最关键的是，要会爱。

在国航 4 · 15 空难中，一对韩国夫妇幸运地躲过一劫。坐在 14A 座的太太被倒挂在座位上，安全带卡住了她，苏醒后她发现坐在 14B 座的丈夫还活着，便艰难地帮助丈夫解开安全带。丈夫终于解脱下来了，但他右臂断了，无法帮助心爱的太太解开安全带。这时，飞机残骸随时都会发生爆炸，太太焦急万分，先生说："我永远和你在一起！"他不愿一个人离开求生。这时太太问："你会爱吗?一起死没有任何意义！"在她的劝说下。丈夫才咬着牙依靠左臂爬下了飞机，寻找到了救援人员，交代清楚后，自己便晕了过去……最终他们两个人都得救了。

旅德摄影家王小慧女士的丈夫在陪她外出举办作品展时，不幸遇车祸去世。当时，她也受重伤，被"固定"在病床上，她流着泪在一张宣纸上吻了 100 个唇印，送丈夫入土，悲痛欲绝。后来，王女士对身边照顾她的护士说："我很后悔过去没有更会爱他。"曾经她只享受着被爱，知道自己也爱他，却没有"更会爱他"，这种痛一直陪伴她到现在，并成为她心灵的一部分。

很多时候，我们自己觉得被爱或正爱着，但只停留于一种爱的状态里，而不懂得去经营爱，以为有爱就可以了，而忘了怎么去爱。爱是要去做的，而不单单是用以显示的。一位打扮体面的老太太在电视镜头前，一脸幸福地回忆她的前夫，一个已和她离婚 30 多年的男人。她说，他是一个很会爱的绅士，每次她穿裙子，绅士都会跪下一条腿为她拉裙角……非常体贴。虽然离婚了，但她一点也不恨他，因为他是一个会爱的人，所以她可以原谅他的一切。

这位老太太总结说："一个人最可怜的是，没被人爱过或爱过别人，而最关键的是，要会爱。肤浅的爱是用皱纹记忆的，而智慧的爱是用血记忆的。爱在心？在口？在手？在细节？也许都是，重要是，你要把它当作一个动词。”

（罗西）

前世今生

女子惊异地发现她变成了那个男人的女儿，被他疼爱了一生一世。

她是一个在佛前守候的精灵。有一天在看明镜里的尘世的时候，她看见了一名男子，他身穿深蓝色的长衣，在街市上平静地站着，孤独而高傲。精灵一下子被打动了。她指着那个男子对佛说，佛，你可以满足我一个愿望吗？佛微笑着，看看手中的花，对她说，你要什么？精灵说，我要去陪伴那个男人。

佛依然微笑，他问精灵，你知道什么是陪伴吗？精灵有些疑惑。佛继续说，陪伴，就是把你的生命永远地融进那个人的生命里。精灵仿佛有些明白。可是佛说，你是精灵，他是人，他不过只有 100 年的寿命，你却是永生的。精灵有些慌张，问佛，那我要怎样才能有和他一样的生命呢？佛说，你要变成人，你要经历红尘。

精灵说，那么，你把我放到红尘里吧。佛说，红尘苦。精灵说，可是红尘有他。

佛说，红尘是海，你不会水性。精灵说，我会坚持自己的信念。

佛知道精灵的坚决，于是对她说，红尘苦，我可以给你三样东西，一是美丽，一是财富，一是聪明。三样你只能选其一，第一次，你要什么？精灵看了看明镜，说，我要美丽。佛挥了挥衣袖，对精灵说，你去吧。

精灵于是化成了一个美丽的女子。可是除了美丽，她一无所有。她成了青楼中一个苦命的妓女，每天弹着琴，坐在人前凝视着那双眼睛。那个男子依然一无所有。他没有钱，他只能远远地坐着听女子的琴。女子固执地把自己头上的青丝抛给他，他捧在手心。

女子被一个高官看中，要纳为小妾，女子不愿。女子忧伤地看着那个男人，把一把剪刀刺进了自己的胸怀。

女子重新变成精灵，佛问她，第二次，你要什么？精灵说，我要财富。佛依然挥了挥衣袖。

精灵于是变成了一个富豪的女儿，应有尽有，偏偏没有爱情。女子依然固执地爱着那个男人，甚至把她所有的东西都和男人分享。可是她发现男人看她的眼睛始终是冰冷的，在他的眼睛里女子只是一个全身充斥着钱的味道的异性。他挥霍着她的钱，也挥霍了她的感情。

男人对女子说，你有太多钱了，所以你注定无法失去，你也就无法拥有感情。

女子痛哭着将一把刀刺进了自己的胸怀。女子又重新变成精灵。这一次，她对佛说，我要聪明。佛于是把她变成一个聪明万分的女子，重新在红尘里陪伴她的男人。女子实在太聪明了，所有的一切都用精确的方程式来计算着，她用自己的聪明去接近那个男人，拥有那个男人，甚至算计着那个男人。可是女子发现那个男人看她的眼睛始终是结冰的，甚至有仇恨。

女子哭着问他为什么，他说，你实在太聪明了，我不过是你手中的一个数字，任凭你把我拉进随便一个方程式。你对我只有占有，没有感情。

后来男人投身战争，在一个敌人的刀下，血流一地。悲痛欲绝的女子选择了以死追随，女子再次成为精灵。这次，佛还没有开口，精灵就已经落泪了。佛惊异地发现精灵有了感情。佛说，你已经无法脱离红尘，佛只能给你最后一样东西了，你要什么？精灵闪动着泪光，对佛说，我什么也不要，我只要他爱我，永远爱我。

佛不语，佛挥挥衣袖。这一次女子看着那个男人温柔地把自己抱进怀里，温柔地吻了吻她带着泪花的眼睛。女子惊异地发现她变成了那个男人的女儿，被他疼爱了一生一世。

（佚名）

海滩上的秘密

婚后，乔治一直独守着那一夜的秘密，那个恐怖之夜的情景成了他的一块心病。

乔治和贝蒂是同学，贝蒂美丽可爱，乔治非常喜欢她。他曾经鼓足勇气请她出去玩儿，但被她一口拒绝了。这件事让他受到了很大的伤害，从此乔治对贝蒂一直是敬而远之。

大学毕业那年，乔治获得了去波士顿工作的机会。动身之前，他决定去斯普鲁斯海滩父母的别墅住上几天，那里是避暑胜地。

让乔治意想不到的是，他竟然在斯普鲁斯海滩遇见了贝蒂。她非常高兴能在这里遇上乔治。于是他们天天一起游泳，一起沿着海边散步，一起在当地的酒吧喝酒。

乔治发现他真的很喜欢贝蒂，从过去到现在，从没有改变过，但是，每次他想向她表达时，就会感到害怕，怎么也说不出口。

时间过得真快，不知不觉，十多天便匆匆过去了，留给他们的时间就只有一个晚上了，第二天乔治就要去波士顿工作。乔治约了贝蒂去偏僻无人的飓风角，他希望能和她独处。

他们把雨衣铺在岩石下的避风处，背靠背坐了下来，乔治准备进行最后一次努力，说服贝蒂接受他的爱。但是，像往常一样，他不知道怎么开口。就在这时，他看到一个小伙子沿着海边走来，双手插在口袋里，吹着口哨，戴着一顶帽子，穿着一件皮夹克，不停地四处张望。

那人在不远处海滩的一块岩石边上停了下来，乔治瞥了贝蒂一眼，她屈着双膝，双手抱着脚踝，正静静地凝视着海面的浪花，显然，她没有看到那个人。

海滩上又出现了一个男人，中等个子，胖胖的，显然喝醉了酒。他摇摇晃晃地走过来，走几步停下来挺一下身子，然后继续跌跌撞撞地向前走。当他走近岩石时，小伙子突然跳出来猛地扑向胖男人。乔治看到小伙子手中有金属的闪光，可能是刀，也可能是手枪。那个胖男人不知道发生了什么，摇摇晃晃张开两臂迎了过去。

接着乔治仿佛听到一声枪响，那个胖男人直起身，然后倒下，躺在地上一动不动。小伙子立即俯下身，翻他的口袋。乔治下意识地伸出手紧紧地抓住了贝蒂的手腕。贝蒂疼得叫了一声，转过身来。

乔治吓坏了，那个小伙子已经开了一枪，如果让他知道有人看到了眼前的这一幕，那么他会毫不犹豫地再次开枪消灭证人的。乔治全身发抖，他必须不惜一切代价让贝蒂别再出声。

乔治猛地一把抱住她，嘴巴紧紧压着她的唇，以免她发出声音。毫无心理准备的贝蒂拼命挣扎，她打他，用指甲抓他的脸，然后使劲儿推他的胸口，想把他推开。乔治只得使出浑身的力气把她抱得更紧。

突然，贝蒂不再挣扎了，相反地，她伸出双臂，紧紧地搂住乔治。

乔治脑子里一片空白，失去了时间的概念。最后，当他抬起头，向海滩那边望去时，海滩已恢复了原先的平静，好像什么也没发生过，乔治甚至怀疑自己刚才产生了幻觉。“贝蒂，对不起，我并不想伤害你，”乔治十分内疚地说，“可刚才我……”

“亲爱的，你不必解释了，我知道你想说，你是那么疯狂地爱我，疯狂到不能控制自己。”贝蒂妩媚地笑着投入了他的怀抱，“乔治，你知道吗？你平常总是很冷静，这也是我拒绝你的原因，我想每个姑娘都是想要一个为她疯狂的男子啊！乔治，我爱你，我现在知道了你是那么爱我，我愿意接受你，跟你一起去波士顿。”

面对突如其来的爱情，乔治简直不敢相信，他当即决定，无论如何也不会把刚才的恐怖事情告诉贝蒂。

婚后，乔治一直独守着那一夜的秘密，那个恐怖之夜的情景成了他的一块心病。

一年后的一天，乔治与贝蒂一起去看电影。乔治惊奇地发现，电影里有一组镜头与他那晚在斯普鲁斯海滩看到的情景一模一样，就是那个海滩，他甚至看到了自己和贝蒂藏身的那块岩石！这时，乔治才恍然大悟，原来那晚的恐怖事件，只是在拍电影而已，自己当时实在是太紧张了，根本没注意到远处的情况。

乔治顿时感到了从没有过的幸福和轻松。

（郭立荣）

一岁那年爱上你

爱情是什么？是一个软弱男人的安慰剂。

他对爱情的无所谓让他的母亲很担心，因为他总是说，爱情是什么？是一个软弱男人的安慰剂。你看看我，身体多壮，心情多好，能吃能睡能劳动，还能干自己想干的事，我要那玩意儿干吗？

他母亲无奈，对她说，你弟弟看来是着了魔了，你这当姐的可得多费点心啊。

她和他不是亲姐弟，也不是结拜的那种——怎么说呢，小时候家乡有个很古老的"拜保保（干爹）"的风俗：哪家养了小孩子，如果担心孩子成长不顺，就要为孩子找一个干爹保佑孩子健康成长，叫"拜保保"。每年正月十五，要"拜保保"的人家就把小孩抱到大路口，看见有过路的男人过来了，如果看得上这个男人，就拉住，如果这男人也觉得这孩子不错，就拜保保，两家认作亲戚，男人就成了男孩的保保。他母亲说，当年抱他出门的时候他一直哭哭啼啼个没完，好几个男人都觉得这孩子太难缠，不愿意，她父亲过来的时候，他却笑了，她父亲觉得这孩子不错，于是就拜成了。从此，他有了个保保的同时也有了个干姐姐。

两人虽只是拜的，感情却很好，跟真的姐弟没什么分别，她比他大一岁，从他上小学时起，她就照顾他，后来一直上到大学，她先毕业，他后毕业，然后又在同一座城市里生活。他没事的时候就给她打电话："姐，给弄点好吃的！"于是她就给他弄蟹黄炒蛋，这是他最喜欢吃的，然后看着他吃得日月生辉，两眼放光。吃完了，他还油腔滑调地对她说："有你这个姐我可真是幸福死了！当年拜保保，我可是冲着你这个姐来的。"

他郑重其事地告诉她，母亲就盼着他早点娶妻生子了。他说："姐，你现在幸福吗？"她说："姐的事你别操心！"他嬉皮笑脸地说："姐，你的事我这当弟弟的不操心谁操心？"

她在这座城市里是一个普通的医生，长得不引人注目，加上她的心性并不是喜欢张扬的那种，爱情自然也就普通得不能再普通——人家介绍的，一个普通的公务员，说不上好，也没什么毛病。那个公务员通常是下班的时候来接她，一起去吃一顿饭，沿着河边走一走，然后送她回家。

两人就这样波澜不惊地恋爱着，她想，也许，爱情就是这样的吧！

但是，如果爱情就是这样，那她怎么好去说服他恋爱？他从小就是一个喜欢追求新奇的人，从来不甘于平淡和寂寞，凡事都好掺和，十处打锣九处都有他。这种性格，他能不烦所谓的爱情吗？

但是，烦也好不烦也好，能让他恋爱上就好。她翻开电话本，惊喜地发现自己居然认得那么多的人，于是她打电话，说他的情况，让人家给介绍对象。

她更惊喜的是，这城市里原来还有那么多的漂亮女孩在苦苦等待，于是她十分兴奋地给他打电话，让他过来，然后把那些女孩的照片摊在桌上让他挑。他表情很奇怪，对她说："你觉得这样很有趣吗？"她说："你觉得这样很无趣吗？"他说："我怎么觉得你也变得俗不可耐了呢？是不是一个人一谈了恋爱就变成这样了？"她很生气，没想到他连看都不看一眼，就拿这话伤她。她哭了。看见她哭了，他也慌了，说："姐，你别生气行不行？我抓阄可以吧？我从这些照片里随便抓一张可以吧？"她说："怎么能随便？爱情可以随便吗？"他说："现在不是还没谈到爱情那份儿上去吗？"她一想也对，爱情嘛，总得有个培养的阶段吧。她说："这样吧，我帮你挑一个，你先了解了解。"他说好吧。于是她认真挑选了一个各方面条件都不错的漂亮姑娘，说："就她了。"

他跟那个女孩谈了三天，就跑来对她说："姐，不行，那女孩不适合我。"她问："咋就不适合了？"他说："性格不合。"她问："什么叫性格不合？"他说："性格不合好比把鸡和鸭关在一起，鸡也是好鸡，鸭也是好鸭，可是两个东西就是合不到一块去。"她忍不住笑，说："就你会贫嘴！不过，这比方虽然俗，倒也算贴切，要不，重新选一个？"

跟第二个女孩谈了五天，他给她打电话说，不成。她问为什么？他说那女孩太精，太闹，精得近妖，闹得似鬼。她有些无奈，现在的女孩哪个不是跟猴子似的，三天不"打"就要上房揭瓦？

"要不，就此打住算了？"他说："我实在没兴趣。"

"那怎么行？我可是答应了你妈妈的！"她说。

"要不，再挑一个行不行？"她几乎是在求他了。他说："干吗要这样呢？难道我非要恋爱一场不行？"话虽这样说，他还是答应了下来，于是又挑了一个。

也许这一个对了他的脾气，这回他没有再打电话来诉苦，她吁了一口气，心想，到底还是皇天不苦有心人啊。

在这期间，公务员对她说，相处也快两年了，老这样下去还不如结婚算了。她一想也对，反正她也不是对生活有太高期望的人，一个普通医生，找一个普通公务员，富不了，也穷不了，再说了，两个人都大学毕业，再怎么也不可能没共同语言吧？于是她就把自己嫁了。

婚后的日子更加柴米油盐，淡得像一杯从没烧热过的温开水。公务员属于在单位混得不好也不算太差，要提升没什么指望，要被贬也贬不到哪儿去的那种。所以，公务员也没什么雄心壮志，心情就像那一成不变的脸色。

她也觉得生活很平淡，平淡得几乎失去了任何感觉。公务员说，你这种女人真是没有一点情趣。

因为这句话，她离婚了。

离婚和结婚一样平淡，她很怪异地发现自己居然连一滴眼泪都没有流，更没有像有的女人那样寻死觅活，相反，倒觉得解脱了。于是又想起他的话——我能吃能睡能劳动，要那玩意儿干什么？

说到他，她觉得突然很想他，再说了，也不知道他跟那姑娘谈得如何了，于是给他打电话。他说："姐，你让我说真话还是假话？"她说当然是真话。他说："那我告诉你吧，我进入不了角色。"她说你到底……他说："我话还没说完呢。虽然进入不了角色，但是我还是准备结婚。"她吃了一惊，说："进入不了角色还结什么婚？没有爱情的婚姻算什么婚姻？"他说："那你为什么要结婚？你们没有爱情你为什么要嫁给他？难道结婚就是为了离婚吗？"她半晌无语，后来她说："当然不是，哪有结婚就是为了离婚的？"他说："但是我就是，我结婚就是为了离婚。"她迷惑了："为什么？"他说："结婚是为了结给别人看的，离婚，是为了我自己。"

她不懂，但是她隐约觉得这中间有些问题。

他结婚的那天，她当然去了。回来的时候，也不知道为什么，她却哭了。

果然，他结了婚，又离了婚。

离了，他又天天打电话过来，嬉皮笑脸地说，给弄点好吃的吧。于是她又做，看他吃得天昏地暗，感觉幸福无比。吃完了，他感叹，要是天天能吃到这么多好吃的多好啊。她说："那姐再想想法，给你找一个会做菜的媳妇。"他说："不必了，反正我以后就天天到你这儿吃。"她说："那咋行？你要天天过来吃饭，知道的说你是我弟弟，不知道的……不影响你谈恋爱吗？"他说："要不，我再离一次婚给你看？"她说："你胡说什么？"

那天他喝了酒，红着眼睛看她，说："我结婚不是结给你看的吗？你结了，然后离了；我也结了，然后离了，这下我们扯平了——我结婚，就是要和你扯平了，然后我才有机会告诉你，我最爱的人就是你！"

那一刻她呆若木鸡，她没想到他会说出这种话来。他可是她的弟弟啊！

"什么弟弟？我们有什么血缘关系？"他趁着酒劲，抓住她，"我爱的就是你，一直爱着你，只是我不敢肯定你是不是也同样爱我。但是，你跟公务员结婚那天，我喝醉了，你心痛得不行，我就什么都知道了。后来你离婚了，我想我有机会了，但是，我知道，如果我不同样离一次婚，你会觉得心里有障碍，所以我也离一次给你看……”

她觉得天旋地转，泪如泉涌。

她觉得心如刀绞，又幸福无比。

“你知道我小时候为什么见了你爸就笑吗？”他在她耳边悄悄地说，“因为我看见了你爸怀里的你——爱情在我一岁时就注定了。”

（三花聚顶）

带血的白玫瑰

白玫瑰，带着血的白玫瑰，娇艳欲滴，在有点余温的风雪中守候春天的来临……

这个世纪的最后一个冬季，天出奇的冷。

一个男孩，手拿一束白色的玫瑰花，在拥挤的列车车厢里，显得格外耀眼。他就是我，到相隔千里的城市去看望一位女孩，在春节将至的日子里。

这座平原的城市，崭新的车站，仅有的几条钢轨静静地卧着，为数不多的路人迎接着我，没有一个认识。忍不住吸了一口冷气，刹那间整个人像缩小了一样。我疾步出了车站，上巴士后才稍感舒服一点。透过车窗，街道两旁的商铺张灯结彩，一派新年将至的景象。来去匆匆的路人，都有自己的方向，走着属于自己的路。我在走什么路，自己也不能明白，前方有没有危险，也无法知道，只有顺着自己的方向走下去，去寻找我的梦想。

来到这座有点陌生的城市，我想见日思夜想的丹，一个瘦瘦的女孩，清纯大方，温柔善良。坐了一夜的火车，我也不感到很疲劳，只是两眼有点麻木，但不会影响我的行程。天太冷，但也挡不了我的脚步。一颗火热的心，足可以融化这个有点寒冷的季节。我有种预感，她的家人不会让她出来见我，似乎她家人不同意我和她来往，我心里有些惴惴不安。我给菊姐打电话，问她到了吗？回答说快了。我更加不安，有点兴奋的心立刻悬在空中。来之前，我让菊姐帮我约丹出来，因为菊姐是她的表姐。可现在丹……一下没了头绪。

我和丹是在南方美丽的八月相识相知的，在同一天走进一个公司，又在一个部门做事，更巧的是我俩还是邻居。因为是老乡，我们年龄也相差不多，很快成了无话不说的朋友。我是男孩，在工作上会尽自己的力量帮她多做一点事，她则常帮我洗洗衣服。在我因工休养的那段日子，丹无微不至的关心和照顾，让我此生此世都不能忘记。那是我这一生的最宝贵的财富，也是我可以永远回忆的一件往事。我们的感情随着时间的流逝而向前移动，渐渐地我有了一种奇妙的感觉，有一刻不能看到丹就心神不定，坐立不安。我知道是我爱上丹了。这是一个必须面对的事实。和很多的故事一样，我们的故事也开始了。直到春节前，我们相约回家。遗憾的是，我们不在同一座城市。

书信不断，也知道了她家人的意见，我的梦想破灭了。伤心至极，我想见丹本人，听听她的决定，真真切切地听到，而不是电话里的吞吞吐吐，像被人逼迫说的那样。没有什么，只想给自己一个答案。

迷迷糊糊之中，我到了市中心，下车。不知何时天已开始飘起雪花，阵阵北风无情地抚摸，让我稍有点清醒，到了丹的家乡，我此行的谈判地。丹的家乡是当年三国名将赵子龙大战敌军的疆场，今天成了我一生的爱情和幸福的“决战场”。苦苦的，涩涩的，有种难言的味道在心中徘徊。

我清楚地记得她喜欢花，也喜欢种花。还有一件最浪漫最向往的事，就是开一家有很多很多鲜花的大花店，自己也种花，养花……这也是我们在一起勾画未来的一部分，憧憬的最激动的事。刺骨的寒风偷袭着我的身体，悄悄地走进我的脖子游荡。我不会不收留它，因为它和我一样，正在大街上流浪，正在寻找一个安静的港湾。我从家乡带来的白玫瑰花，在列车上遭受了很多旅客的“欺辱”，模样难以面对观众，更羞于见到丹。很幸运，在一家“一生浪漫”花屋，我又看到了白色玫瑰花，圣洁的爱的使者。丹给我讲了很多有关花的故事，还告诉我一个秘密，她最喜欢白玫瑰！花屋的女孩边细心为我装扮边问哪个女孩子有如此的魅力，让我远道而来送花。我甜甜地笑了。

雪花渐渐地长大了，漫天飞舞，夹着丝丝冷风，拥抱我，为我欢送。手捧白色玫瑰花，登上巴士，在风中行走。

到了丹居住的小镇，我没有看到她，只有雪花，冷风，菊姐一家，还在静静地等候。刹那间，我说不出一句话，呆呆地立在风雪中，脑中一片空白，思绪在这一刻停止了。无数个为什么，在心里上下左右前前后后不停地来回跳动，无法安静。我，我，我不知自己在干什么，想什么。发愣。直到菊姐轻轻地为我抹去雪花，我才清醒。我知道了一切，是她的家人不让我们见面，也就是不同意我们的事。

丹，胳膊拧不过大腿！我该怎么办？

我坚信丹会来的，因为她说过要尽到“地主之谊”，陪我看看她的家乡和母校。她表姐让我到家里坐，别冻坏了身体，说如果丹要来，会到她家的。我坚持要在风中等她，直到丹出现。冷，冻，并不可怕，可怕的是我自己，只有我做了，心才能有所安。即使丹没有来，我也不会生她的气。这一切毕竟不是她和我的错，是无法说清的……

风越来越大，雪没有休息的意思。我望着丹家的方向，默默地守候，期盼我的黎明快来临。一个人影过来了，不是丹；又一个人影过来了，还不是丹。我的心一次一次地随着风雪飘动。丹，你会来吗？丹，你在家做什么？丹，你看到我的身影了吗？我的心在风雪里呼唤。

手中的白玫瑰在我的呵护下躲避着风雪的骚扰，期待着你，丹的来到。我看了看手中的白玫瑰，苦涩地笑了笑，无言。丹，你看到了吗？我要送给你的白玫瑰吗？你感觉到了吗？

天渐渐晚了，我感到有点凉，丝丝清凉的寒意慢慢地爬上心头。看着白玫瑰，我想起了什么，片刻冷静下来。望着丹的方向，我淡淡地笑了。

菊姐看我笑了，以为我想开了。让我到她家烤火取暖，给我做点饭吃。我微笑着说，谢谢。我有自己的分寸，请放心。我没有先到她家，而是去商店买了一把小刀。

我迎雪顶风来到僻静处，拿小刀在手指上划了一个小口，让有点热的血，我的血流出，滴在有些怕冷的白玫瑰身上。白玫瑰在风雪中接受着我的恩赐和拥抱以及热血的亲吻。我以我血表我心。我对菊姐说，我不是把这当儿戏，也不是一时冲动，而是内心深处的感情表露。我这一生唯一可以自豪的是，我爱丹，我会一生一世地照顾她，和她一起慢慢变老……菊姐望着我久久没有说话。

白玫瑰，带着血的白玫瑰，娇艳欲滴，在有点余温的风雪中守候春天的来临……

手指被菊姐紧紧地握住，她知道无法劝我回到家里，就和我一起站在冰天雪地里接受大自然的拥抱。

一个又一个人影走近我们，不是丹。

在等待。我和菊姐，手捧一束血色点缀的白玫瑰，在通往丹家的路上等待。不是我不去她家，也不是不敢去她家登门拜访，而是丹说了不让我去她家，理由是什么，我不想过多地知道。因为我认为丹说的有她的原则，自有她的道理和难言的苦衷……她不说，我也不勉强。爱一个人，就要相信她的一切，至少很多她不想说的事情，无须自己去了解。

风有点温柔了，雪也斯文了。

我的心也稍有一点安静。在等待中，我决定晚上回家，坐深夜的火车，离开这里。菊姐安慰我，知道留不住我的心，就让我先到她家休息一会儿。看着漫天飞舞的雪花，我在心中呼唤丹的名字，为她祈祷。

要走了，我还是没有看到丹。只随便吃了一点东西，准备离开了。我把带血的白玫瑰轻轻折下一片最红的花瓣，夹在记事本里珍藏。我把那一大束白玫瑰交给菊姐，拜托她在丹来的时候给她，无须说话。它可以代表我的一切，丹看到它就会明白一切。

我走了。有一片带血的白玫瑰陪我回家，已足矣。

第二天晚上，我收到菊姐打来的呼机，告诉我昨天晚上刚走，丹就来了，一个人偷偷地跑出来，她看着我留下的那束带血的白玫瑰，久久没有说话，泪水爬满了有些发红的脸庞，她哭了！我也哭了，在听到这一刻，我的呼机里显示“对不起！一切随缘，谢谢你的带血的白玫瑰！永远爱你的丹”。我又流泪了。也看着笔记本里的那片带血的白玫瑰。

……

她再也没有和我联系，只在我生日、春节、情人节时，寄上一张贺卡。称呼是“带血的白玫瑰”！没有留地址。我也在同一时间给她寄一份，写她家的地址。

我知道故事还没结束，因此我在等她，我要告诉在这个有爱的世界里的人们：“带血的白玫瑰”在等着缘分的来到……

一碗羊汤泡面

这样的爱情，很温暖，像一碗羊汤泡面，冒着暖暖的气息。

她其实是个顶怕吃羊肉的人，她不喜欢羊肉的那种羊膻味，每次闻到，都有要呕吐的欲望。小时候家里人曾把羊肉包在饺子里，哄她说那是猪肉馅饺子，但她还是隔了一层饺子皮就闻出了浓浓的羊膻味。

可傅文喜欢吃。傅文说，羊肉肉质最为细腻，暖胃，对皮肤也好。傅文还喜欢吃羊汤泡面，一大碗羊汤泡面，他能吃得精光，连汤也喝了。

她喜欢听傅文说话，喜欢看傅文说话的样子。傅文其实也就是一个普通的男人，但在她眼里，就是与别的男人不一样，特别是他说到羊肉时，眼里流露出的温暖光芒让她着迷。她认为，他是一个对生活充满热爱的男人。

女人一旦爱上，便变得痴情。她也是。为了傅文，她第一次买了羊肉回来吃。第一次吃，她呕吐得恨不得连胆汁都要吐出来。比她小一岁的妹妹在一旁看不过了，气得把羊肉全倒进了垃圾筒。说，姐，你这是自虐嘛！她却强打精神，又去买了羊肉回来，笑着对妹妹说，傻丫头，你不懂。

她苦练的结果，是使自己的味蕾完全丧失了对羊肉的抵抗。傅文再来，她可以亲自下厨，为他煎羊排和做羊汤泡面，每当她坐到傅文对面，看着自己爱着的那个男人，一口一口地吃掉她为他做的羊汤泡面时，内心就充满了幸福。

这样的爱情，很温暖，像一碗羊汤泡面，冒着暖暖的气息。她以为可以为他做一辈子羊汤泡面的。但是一个冬天过去后，傅文却提出了分手。分手的理由是，他受不了她身上永远不散的羊膻味，你除了会做羊汤泡面外，还会做什么？这是傅文最后扔给她的话。

她愣在春天的阳光下。春天的阳光，散发出花朵一样的光芒。暖暖的，像羊汤泡面上冒出的热气。但爱情，却走了。

再认识一个男孩，她的心，已裹在一层茧子里面了。男孩却很喜欢她，请她看电影，请她吃饭，请她去唱歌。她的态度不冷不热，每次男孩说什么，她都微笑着点头说好。只是在吃饭时，却固执地只点一种主食——羊汤泡面。男孩见她点羊汤泡面，也跟在后面点，但她分明看到，当他把第一筷子面条送进嘴里时，他的眉头轻轻地皱了皱，随即却恢复了常态，很开心地对她说，味道不错。

她生日那天，男孩亲自去菜市场买菜，挽着袖子，在租住的小屋内做菜给她吃。她应约而至的时候，十几平方米的小屋内，满满当当飘着的全是羊膻味。男孩正挥舞着铲子在煎羊排。看到她，男孩欢欢喜喜地说，我今天给你烧了羊肉，烤了羊肉串，还烧了一锅羊汤，留着给你做羊汤泡面。

她倚着门静静地看着他，就想起那年冬天，她在锅上为傅文做着这些。那个时候，支撑她的是爱情。眼泪，不知不觉地流了下来。

男孩慌了，以为是油烟呛着她了，忙关了煤气灶，拿毛巾给她擦泪。可那泪却越擦越涌，终于，她说，我不喜欢吃羊汤泡面，真的，一点也不喜欢。男孩立即怔住，半天才讷讷道，天哪，我也是。为了你，我苦练了两个月。

心，破茧而出。一个肯为她迁就着吃羊汤泡面的男孩，是值得托付终身的。她看见，爱情插着翅膀飞来了。

第七辑

最温柔的那一刻

为了爱

他竭力想探出水面，可头上总是碰到一层硬物。是冰！他顿时感到了一种恐惧……

"啊！是哥哥回来了！"妹妹坦卡兴奋地向一个高个子青年扑了过去。

"谢尔盖，我的儿子！"听到喊声，母亲从厨房里跑了出来。她把脸贴在了儿子的胸上，小声地呜咽起来。

"你跑到哪儿去了？怎么整整一年都没个信儿呀……"

晚上，左邻右舍，亲朋好友，聚来了许多人。大家吃着、喝着，问这问那："西伯利亚怎么样？挣钱多不多？"

"嗬，瞧这围巾，还是日本货呢，多漂亮呀！"坦卡高声地赞叹着，"再瞧这皮靴子，我简直都不敢摸了……"

"快放下，坦卡！那不是给你的。"谢尔盖止住了妹妹。

坦卡的手停在了围巾上，她默默地抬起头。姑娘们都静了下来。

坐在谢尔盖身旁的好友文卡用肩膀碰了他一下，小声地说："走，咱们到外屋去抽会儿烟吧！"

两人走了出来。

"发生了什么事？"谢尔盖感到莫名其妙。

文卡踌躇了一阵，然后突然开口说："你的妞拉出嫁了。"说完，他垂下了目光。就好像这里面有自己的过错似的。

谢尔盖沉默了一会儿，随后压低着嗓子轻声地问道："已经很久了吗？"

"是的，差不多有半年了。她现在已经怀孕了。你走后一个月，咱们村调来了一个机械师，他叫舒斯特雷，当过拳击手。他可不像我这个工程师，除了动动笔以外别的事什么都不管。没多久，他就贴上妞拉了。我找了几个弟兄去警告过他，可那小子还是我行我素，再加上妞拉也迷上了他。我们只好罢手不管。你当时也好像故意似的，毫无音讯。"

"全明白了。"谢尔盖耸了耸肩，把抽剩下的烟头在门框上捻灭，然后说，"文卡，你先回屋子里去吧！要不然客人们该扫兴了。我在这儿再站一会儿。"

有了醉意的客人们仍在海阔天空地聊着，根本忘记了谢尔盖的存在。

突然，门被撞开了，一个十三四岁的男孩子闯了进来："谢尔盖被人打了！是妞拉的几个兄弟干的，还有那个城里来的机械师，就在她家门口。"

文卡跟几个小伙子冲了出去，妞拉的几个兄弟都已经逃回了家，只有机械师被众人抓住痛打了一顿。

"我非打死他这个浑蛋不可！"谢尔盖使劲儿挣脱着，叫嚷着。

客人们早已不欢而散，坦卡收拾好桌子后也悄悄地回到了自己的房里，客厅里只留下谢尔盖和文卡两人。

"你是怎么搞的？"文卡生气地说，"打死他，你当然成了英雄，可那样你会去坐牢的！"

谢尔盖端起一杯酒，一仰脖子，喝了下去。他叹了口气，说：“我要走，文卡，我要回西伯利亚去。我不能天天看见他们。你可知道，我在西伯利亚每天都在思念着她，想象着我回来时她接我的情景。”

一个星期以后，谢尔盖身上被人打出的青痕渐渐消退，受伤的地方也快愈合了。他开始准备动身了。坦卡在默默地替他整理着行装，母亲在厨房里一边忙着给他准备路上吃的东西，一边在悄悄地流泪。

“谢尔盖，你可要常来信呀，哪怕是几句也好！”母亲对他说。

“知道了，妈妈，我会写信的。”谢尔盖答道。

河边的大路一直通向汽车站。冰面上走着两个人，走在前面的是个男人，稍后一点跟着个女人，谢尔盖认出这是妞拉和她的丈夫。他们是去邻村找医生做产前咨询的，从冰面上直接走过去是最近的一条路。谢尔盖带着一种痛苦的感觉望着两人的背影：走在她身边的人本来应该是我，是我！他长长地叹了一口气，又继续向前走去。刚走了几步，猛然传来了一阵妞拉刺耳的尖叫声。谢尔盖扭头向河面上望去：只见妞拉双手抱着头呆立在冰面上，机械师下半身已掉进水里，一股混浊的河水正泛着水花从她面前断裂的冰洞中突涌而出，急剧地在向四周的冰面上蔓延。

谢尔盖一切都明白了。

“妞拉，快退到岸边去！”他大喊了一声，扔下手里的皮箱，拔腿就向出事的地方跑去。他跑上前一把抓住了吓得说不出话来的妞拉，拽着胳膊把她向岸边拖去。脚下的冰层发出迸裂的声响，河水正从无数条断裂的冰缝中急涌而出。“快，回村里叫人去！”谢尔盖焦急地喊着，转身又向破冰的地方奔去。他小心翼翼地试着冰层的负荷，一步一步地向冰洞逼近。

机械师悬浮在断裂的冰沿上，冰层的断壁终于承受不住他双手的按压塌裂了，他掉进了冰河里。此时，谢尔盖面前的冰层也发生了断裂，一片混黑的河水顿时涌上了冰面。谢尔盖停了下来，向四周望去：断裂的冰层长达二百多米，冰塌处顺着河道形成了一条黑色的水带。这时，谢尔盖猛地脱下了身上的皮夹克，伏下身子，趴在了湿漉漉的冰面上，然后用手握住一只衣袖，把皮夹克向水中的机械师抛了过去。

"快抓住它，抓住袖子！"他喊着。

机械师从水中探出了身子，但是抓不到抛过来的衣袖。身下压着的冰层又塌裂了，他再一次落回了水中。此时，冰层断裂的缝纹正像无数条行进的蛇一样直向岸边伸延。谢尔盖从冰上爬了起来，然后绕了一个大圈子，向冰质稍坚固些的断层对面跑去。接近塌裂处时，他又伏下了身子，在冰面上向前爬行。

"快抓住我！"谢尔盖向水中的机械师伸出了一只手。

落水者不顾一切地抓住了伸过来的手，于是，谢尔盖开始拼命地把他向自己这边拉。突然，谢尔盖觉得自己的身体好像在往下滑落，紧接着便是一种无数根利针直刺肉体的感觉，他一头栽进了水里。

"见鬼！"他在心里骂着。

落水的地方正是急流处，他的双腿一下子就被冲进了冰层下面。

那小子穿着棉皮袄肯定得完！谢尔盖心里想着，随后大吸了一口气，潜入水中。他摸索着抓住了机械师的两只脚，然后挺直了自己的双腿，机械师借着谢尔盖的托撑向前一跃，终于爬上了冰面。可是，谢尔盖只露出水面晃动了一下，就又沉了下去。突然，谢尔盖感到小腿肚子一阵钻心的阵痛，肌肉在急剧地收缩。腿抽筋了！他脑子里忽地一闪，赶快把双腿蜷曲起来，用手在腿肚子上使劲儿揉搓了几下。此时，他还没有察觉到自己已经被河水冲进了冰层下面。他竭力想探出水面，可头上总是碰到一层硬物。是冰！他顿时感到了一种恐惧。"难道就这样被冲走吗？"他拼命地用头撞击着冰层，两只手在胡乱地摸索，搜寻着活水的地方。可是，他渐渐开始感到自己被冲得越来越远了，气力也已经不足了。他真想换气，哪怕是一小口也行。脑子里开始变得越来越模糊了，支撑身体的力气也已耗尽了，他终于呼出了最后一口气。

村子里的人赶来了。男人们在冰层塌裂的地方放下了一条小船，拿着长长的钓竿在河水中捞寻，可是，没有找到谢尔盖。

直到冰雪消融后的春天，人们才在离村子三公里远的地方找到了谢尔盖的尸体。

全村人为他举行了葬礼。所有的人都默默无言，该说的话早已说过，该流的泪也早已流尽，人们对于谢尔盖的死也已经不再感到震惊，整个墓地安静极了。偶尔能够冲破这片沉静的只是几声婴儿的啼哭和妞拉的轻轻抽泣。

（叶弗格尼·茨冈科夫）

枯萎的爱

恋爱中的女人比男人更不顾一切！

上个星期，当拉斯金去德里时，正好路过他小时候住过的那座丘陵小镇。

这是去德里的唯一的路，谁去都得走这条路，可拉斯金已很少去小镇。随着年龄的增长，他到这座小镇和别的城镇的次数越来越少。但每次只要他走这条路，他都会透过汽车的窗子注视着一个阳台上的一排盆栽植物——藻类植物、棕榈树、金盏花、百日草和旱金莲——它们使得这座房子看上去很显眼，所以谁路过都不会错过这一景观。

但上星期，当拉斯金从车窗往外看时，阳台花园却不见了。只见一些破碎的花盆散落在地上，蕨类植物上落满了灰尘，棕榈树叶变黄，花朵枯萎凋谢。这些年来，这个阳台花园是他爱的寄托，可现在它却不在了。他试图从中看到点生活迹象，但却怎么也找不到了。

卡姆拉发生了什么事？拉斯金疑惑不解。这些年来，卡姆拉一直在精心地照料着这些植物，因为她知道他会看到它们，尽管他不可能看到她，她也不可能看到他。

他们彼此就是用这种奇特的方式，保持着对他们曾经拥有的一段恋情的怀念。但拉斯金现在只有向别处看，去寻找他对年轻的那段美好爱情的回忆。他和卡姆拉保持了几个星期的幸福接触，后来他们便分手了，从此他便一直沉浸在对那段爱情的回忆之中。

说来这已是快30年前的事了。那时拉斯金22岁，卡姆拉17岁。

她长着一张可爱的笑脸，一双棕色眼睛炯炯有神。他怎么能忘记那双眼睛呢？她总是在窗帘后偷偷地看着他。

她总是闲不住，要么在阳台上走来走去，要么在台阶上跳上蹦下，要么就在房顶上唱歌。只有一次她非常沉静，那就是黑暗中他们在楼梯上相遇，拉斯金偷偷地吻她时。那时，她老实极了。后来，她突然笑着跑开了。

“你做什么工作？”她问拉斯金。

“我写小说。”

“你能写一篇关于我的小说吗？”

“改天就写。”

拉斯金住在电影院附近杂货店上面的一间房里，夜晚，他能听到电影播放的声音。然而，电影中的歌声既对他的写作没有多少帮助，也对他的恋情没有多少促进，因为卡姆拉晚上出不来。他们只有在全城人都午睡的时候相会。卡姆拉的小弟弟在杂货店工作，他就是通过这个男孩第一次认识了卡姆拉。

拉斯金喜欢她的笑。她的笑总是慢慢地才从脸上消失，就像阳光缓缓地落山。她像是要把她脸上的红光放射到拉斯金身上一样。

他们很穷，但时间长了，拉斯金发现他比他们还穷。当他得知她将要嫁给一个40岁的鳏夫时，便鼓足勇气宣布，将娶她为妻。可他除了年轻，什么优势也没有，而那个鳏夫却有地有钱给卡姆拉的父母，这对女方家很有吸引力。拉斯金能给人家什么？他仅有一间小小的租房、一台打字机和每月通过自由撰稿所得的二三百卢比不稳定的收入。拉斯金对她弟弟说，他总有一天会出名、会变富、会写畅销书！但他不相信。谁又能责怪他呢？他的确没有写出畅销书，也没有变富。他是孤家寡人，没有父母，没有亲戚，一切苦衷无处诉说。

拉斯金想与卡姆拉一起出走。当他向她提起此事时，她的眼睛一下亮了起来。她认为这太有趣了。恋爱中的女人比男人更不顾一切！但他看过许多有关逃婚酿成悲剧的故事，所以他还缺乏这种冒险的勇气。

后来，卡姆拉出嫁了。她看上去对她的未来并不失望。但在她前往她丈夫家之前，她向拉斯金要了一些他那小小的阳台上养的植物。

“把它们都搬走吧，”拉斯金说，“反正我也要离开这里了。”

“你要到哪里去？”

“去德里找工作。但有时我会从这条路上经过的。”

“我丈夫的家就在去德里的路上，你会路过的。我会把这些花放在你能看到的地方。”

分别时，他们谁也没见谁。她弟弟来把植物搬走，最后只剩下仙人掌没有搬，因为仙人掌不是“情人”植物。去德里之前拉斯金把仙人掌送给了女房东。

每当路过这个老地方，不管是夏天还是冬天，拉斯金都要透过车窗看卡姆拉阳台上枝繁叶茂、鲜花盛开的植物。

一次，拉斯金看到她倚在阳台的栏杆上。他停下出租车，朝她挥手。她像太阳穿过云层，也笑着向他挥手。拉斯金从来没有到她家去过，也从未见过她的丈夫。她的父母已经回到了他们的村庄。

自从离开德里在山区安家之后，拉斯金最近几年很少路过这座镇子，但那些花卉始终在那里，它们在日益破旧的环境中生长开花。

就在昨天回来的路上，拉斯金再次朝那座房子看去，但却看到房子人去屋空。他从车上下来，抬头看着阳台，叫着卡姆拉的名字，但没有回应。

经向邻居打听才得知，房子的男主人已经去世，他的妻子也已离去，可能回她的村庄了。他们没有孩子。她还回来吗？谁也说不上来。房子已经出售，这里将重建。

（拉斯金·邦德）

离家出走

“我在这儿！”身旁响起了丈夫那极为熟悉的声音，“我一直跟在你身后……”

微拉契卡关上房门，自豪地摇了摇头，然后精神抖擞地朝车站走去。

一切都结束了。微拉契卡心想，终于走出这个围城了……而且是我离他而去。现在，我完全自由了。高兴的话，可以去看戏，还可以去看电影，再也没人会碍我的事了……

她一刻不停地朝前走。

再也不会有人追在我屁股后头一个劲儿地问：“上哪儿去？”……突然，微拉契卡似乎听见背后有声音，尽管这声音并不是很响。于是，她把皮箱换到另一只手里，凝神谛听。片刻，不知什么地方有只乌鸦在哇哇怪叫，微拉契卡赶紧加快了脚步。

我顺小道走，不会碰到人的。手里这只皮箱虽说不大，但是谁都能看出来它挺贵重的。再说，如果碰上坏人抢劫，谁来保护我呢？最好碰到的是只野兽，而我的丈夫，对，现在已经不是我丈夫了，他一定知道我险遭不幸。没准儿，他还会后悔当初没留下我，或是后悔没悄悄地跟在我后面呢……也许，我还会天天晚上去和他见面，久久地凝视着他，没有一句责备的话，尽管这事儿谁也没什么可说的。可我现在走了，孤单单的。谁都不来追赶我，谁都不来，谁都不想来……

除了微拉契卡车站内没有一个人。她坐在箱子上。寒风卷起雪粉撒向这个孤零零的人。家里这会儿一定暖烘烘的……微拉契卡闭上眼睛想着，每个电视频道都有节目。丈夫，噢，过去的丈夫，他已在温暖的屋子里欣赏电视节目。也许那些节目还挺带劲儿的呢。他还会理所当然地认为自己是一切的主宰，包括我工资的支配者。现在，我已经离家出走了，还有什么好说的呢？我谁都不需要。此刻，我坐在皮箱上，竟不知为什么在等火车。而他，我的丈夫，真遗憾，我过去的丈夫却在逍遥自在地看电视。可我呢？要知道我们还没有离婚呢。我不过就是离家出走嘛，是的，我只是出门瞧瞧而已。

想到此，微拉契卡站起身来，伸手拎起皮箱，像来车站时一样，精神抖擞地往回走去。怎么还是一个人影也没有。我没感到歉疚不已，也没有感到后悔莫及，况且，我也不是永远离家，甚至不是真离家出走，不过出门看看嘛。这样离家出走，恐怕只有像我这样的傻瓜才干得出来。况且只穿了一件单薄的衣裳，连皮外套都忘啦！忘在……肯定在丈夫那儿啦！我并没有跟他分手，我不会和他离婚，我不会去和他打官司的，我什么都不想分。多亏我们这儿什么野兽都没看到，所以根本用不着担心它们会扑上来，只是别碰上坏人……

微拉契卡几乎是跑着返回到家门口。蓦地，她发现一个人影闪过。

“别契卡！”她大喊一声，同时皮箱失手落地。

“我在这儿！”身旁响起了丈夫那极为熟悉的声音，“我一直跟在你身后……”

“帮我把箱子提进去，好吗？……”

（普罗特尼科娃）

墙上的图画

现在我懂了，爷的故事原本就是珍奶心中遮风挡雨的一面墙。她是在用心系恋，在那墙上描绘图画！

珍奶把一大盘刚出锅的羊肉放在桌上，一边吹拂着烫痛了的手指一边说：“趁热吃！清炖羊肉。”

飘飘袅袅的热气弥漫着异香，诱引得我的喉头连连蠕动。为欢迎我回老家来，珍奶特意让人宰了一只羊。我是珍奶抱养长大的，对老人家情同生母，时常回老家探视已成为我生活中的重要内容。

看着我大口地吞咽，珍奶慈祥的脸上如暖风吹皱了的一池春水，细细密密的皱纹每一条都笑着。

“你爷在世时也好吃肉。”她说，“三天没肉就像热锅上的蚂蚁团团转。”

爷去世已经多年，可是每当我同珍奶叙话，她总是提起爷这个话题。这一次，她又讲了那个不知讲了多少遍的故事：“抗战那时，你爷是土八路，轻易不敢回家来，怕汉奸告密。有一天晚上回来，浑身上下成了泥人，躺在炕上就‘呼噜呼噜’地睡，那脚上黑压压的一片蒺藜刺儿，我用针一根一根地挖，他都睡不醒……”

儿时就听珍奶说这故事，那时候珍奶的故事美妙，像童话。如今听起来淡了，淡得像一碗白开水。真想让珍奶多说点儿别的，可提起爷过去的事情，她总是十分投入地唠叨个没完。

院里，咩咩地颤抖着几声羊叫，像小孩子的哭泣。我吞下去的羊肉莫名其妙地噎住了，一种说不清楚的感情撩拨着我的心。从窗子往外看，不见有羊的影子，只从窗外的墙根下传来一声声的羊叫。

珍奶见状出门。我随着出来。门外的墙上，挂着一张尚湿的山羊皮，正是珍奶为招待我刚宰的那只羊。墙根下，站着珍奶喂养的另一只羊，它仰起头，在墙上那张羊皮上依偎，深深地在那皮毛上舔、舔……我的心为之震颤。

珍奶牵开那只羊，说：“这东西，还有灵性哩！”

那一晚，我的胃里毛扎扎地难受，没有情绪同前来串门聊天的乡邻叙话。珍奶却说得高兴，少不了又提起爷的故事：“……那天他摸黑儿回家来，躺在炕上就‘呼噜呼噜’地睡，那脚上的蒺藜刺儿，黑压压的一厚层，用针一根一根地挖，他都睡不醒……”

说得我真有些不耐烦，就说：“老提这事儿干吗？说点儿别的好不好？”

灯光下，珍奶的脸唰地变红，对众人尴尬一笑，久久不语。第二日，我要离家归城。在院里，我发现墙上少了那张羊皮，却留下了一个灰暗色的羊皮印儿，清清楚楚依然在目。这时珍奶正打发行李袋，嘱咐着为我送行。那只山羊"咩咩"地叫着猛然蹿出，蹭在那墙上：在皮毛留下的印迹上猛舔："沙——沙——"青砖上的黏沙纷纷落地。珍奶用脚踢它："这东西，想干什么？滚开！"这是我平生见到的最壮烈的一幕。

车窗外，一路的风声雨声，全像是那只山羊舔墙的"沙沙"声……我固守了多年的一种进化观轰然坍塌：只有人类才有思维有情感？不是这样！那一山一水，一花一木，一鸟一虫，或许都有自己的喜怒哀乐呢！

又过了很久，回故里探望珍奶。她像是一下子老了，满头的银白，没有了以往甜甜的笑意，脸颊的皱褶和郁闷紧板板地滞结在一起。话也少，只是忙里忙外为我烧火做饭。

她已是75岁的高龄了！

我漫步在院里，又瞧见那面墙壁上，上面隐隐约约还有那张羊皮的印迹，印迹上斑斑条条涂满艳红，像一幅绝妙的图画。我断定，那是那只山羊舔上去的舌血！

只是不见了那只生灵。问及它，珍奶说："不忍看它舔墙的样儿，赶集把它卖了。"

真叫人感慨。动物虽然不会说话，无法与人沟通，可它们何尝没有悲欢离合的故事。动物尚且有情有感，何况人哉！于是，我顿生怜悯。75岁高龄的珍奶，孤独寂寥的珍奶，用心血和爱把我滋养成人的珍奶，岁月沧桑积蓄在她心中的情感像一部厚厚的家传宝书，我竟然一点儿没有读懂！

珍奶仍在默默地拾掇家务。

我在等她再说起爷的故事，再听听她讲……爷回来躺在炕上

“呼噜呼噜”就睡了，那脚上的蒺藜刺儿黑压压的一层，她用针一根一根地挑都挑不醒他……那个故事。

可珍奶终究没有再讲。

现在我懂了，爷的故事原本就是珍奶心中遮风挡雨的一面墙。她是在用心系恋，在那墙上描绘图画！

我真笨，在那鲜灵灵的绘画前，我竟然麻木不仁、呆若木鸡！真想哭。

于是我拉珍奶坐下，还像孩童时那般端坐在她的面前，对她说：“想听听你讲爷的故事。”

（丁肃清）

美丽的晨昏之约

宁可错过美丽的清晨，也不想错过自己爱的那个人。

康河岸边的草地上正举行着一个建筑爱好者的聚会。来自不同学院的南茜和罗依在这里相识了，他们都对代表古代文明的建筑有着强烈的爱好，因此一见如故。

“看见那座叹息桥了吗？”南茜指着不远处横跨康河的一座木桥说，“那是我最喜欢去的地方，每次站在桥上看桥下的河水，都有一种想去拥抱的冲动。”

罗依笑了，因为这也是他最喜欢的地方。这座桥是圣约翰学院仿威尼斯的同名桥梁而建的，是剑桥七座拱桥中最别致的一座。“我也经常去那里啊，怎么从来没有见过你？”罗依不解地问道。

“你常常什么时候去？”南茜问。

“早晨。我喜欢在清新的空气中站在桥上迎接阳光。”

“难怪从来没有遇见过你，我通常都是黄昏的时候去。那时，康河上的雾像烟一般升起来，在桨声灯影里好似印象派的杰作。”

两个人相视而笑，心弦在同一刻被拨动。虽然一个喜欢清晨的风景，一个喜欢黄昏的图画，但是对于艺术的感悟，他们是心有灵犀的。一种朦胧的情愫悄悄地在罗依和南茜的心里扎了根，然而这层纸没有人捅破，他们都还不够勇敢。

南茜依然不改黄昏时独自去叹息桥的习惯，罗依也常常选择清晨一个人在叹息桥上散步。但是更多的时候，他们会一起在图书馆里探讨关于古代建筑的问题。

一年的光阴稍纵即逝，在栀子花飘香的七月，他们都要毕业了。

这天，当他们再次来到康河岸边时，他们谈起了对未来的打算。“南茜，你会去哪里？”罗依问她。

“那你呢？”南茜歪着头问他，“你的梦想是去哪里？”

“不如我们各自把答案写在一张小字条上，然后互相交换，看看我们的‘朝圣之地’是不是同一个地方？”两个人像孩子一样兴奋。一张写着“南美洲”，另一张却写着“埃及”！

“南茜，说说你的计划吧。”罗依无奈地说。

“罗依，我想到南美洲寻当年的印加帝国遗址。那是一个伟大的帝国。它的版图由现今的阿根廷、智利的北部、玻利维亚、秘鲁、厄瓜多尔的全境，一直延伸到哥伦比亚的南方。我尤其想看一看秘鲁马丘比丘古城的废墟，想探寻它忽然消失的神秘原因，这一切对我太具诱惑力了！你呢，罗依？”

“我想去埃及，去看金字塔，南茜，你想啊，它们是古埃及人用最简单的工具，如坡道、滚筒和杠杆等工具建造的，那时甚至连铁滑轮都没有。那是建筑史上的一个奇迹啊！”

挂在脸上的惆怅忽然被兴奋的诉说所取代，是的，他们太了解对方了，如果没有事业上的目标和成就感，这样的人生即使被爱情包着，也不会幸福的。然而就这样分别吗？也许以后再也没有相见的时刻了，南茜的眼圈红了。罗依看出了南茜的忧伤，他轻轻地握住她的手，坚定地说：“可是我们肯定会再见面的，不是吗？因为我们的心灵早已融在了一起。南茜，不如我们订一个‘三年之约’吧。我们先各自去自己梦想的地方，如果三年后的今天我们依然彼此牵挂，那么，我们就在那座叹息桥上相见吧。”南茜用理解的目光望着罗依，郑重地点了点头。那一天是 7 月 1 日，三年以后的这一天，叹息桥将见证这个爱情之约。

半个月后，南茜已经身处马丘比丘古城的废墟之上了，这里的一切比她想得更加神秘。云雾缭绕的迷城，虽然经过了多年的风吹雨打，只留下许多巨大的石头建筑的残骸，但还是隐约可以看出当年的盛况。南茜闭上双眼，她仿佛置身于几百年前那个热闹的城镇，看见了熙熙攘攘的印第安人在喧闹的市集上用古老的以物易物的方式交流。

南茜流下了满足的热泪，此时此刻的她多么希望罗依在身边和她一起分享这一切啊！然而这里没有现代化的通信工具，漂泊无定的旅途也无法用书信联系，她只好将思念埋藏在心里。

转眼两年已经过去了。每当南茜在黄昏的马丘比丘废墟之上迎着斜风细雨穿行的时候，她都会想起另一个埋头于埃及沙漠中那个细长的身影，那里该是金色的晨光洒在金字塔顶上的时候吧？

随着约定之期的渐渐临近，南茜的心一天天紧张起来。那一天我们真的会相遇吗？她常常问自己。她知道野外考察是一项漂泊不定的工作，时时刻刻都会有意外发生，万一他赶不回来呢？万一我迟到了呢？要是上天注定我们不会在一起呢？

一天，南茜在印第安部落的集市里行走，忽然她的目光被路边小摊上的一串花彩石吸引了，那是一种上古时代的合成品，没有人知道它的来历。"买一串吧，姑娘，"卖彩石的印第安老妈妈和蔼地对她说，"在我们印第安部落里，这种彩石象征着美好的爱情，当你有了心上人的时候，就可以把这串彩石送给他。即使你一言不发，他也会明白你的心。为了不错过自己所爱的人，害羞的女孩子都会用这个东西来表明心迹。"

"是吗？"南茜笑着接过彩石，那些可爱的印第安女孩和自己一样对爱情充满了羞涩和渴望啊！老妈妈接着说："因为我们有一句古老的谚语：你可以错过一个美丽的黄昏，却不要错过一个你爱的人。"南茜忽然像被什么击中了似的怔怔地站在那里，过了许久，她才深深地吸了口气，对老妈妈说："谢谢您，我知道我该怎么做了。"说完便朝自己的住处奔去。

八月的康河水依旧静悄悄地流着，叹息桥上多了一个女孩的身影。那个女孩时而看看桥下的流水和两岸的风景，时而又左右张望，好像在等人。南茜回来了。虽然距离约定之期还有一年的时间，但她已经决定要用行动来主宰自己的命运。

习惯了黄昏来叹息桥的南茜，如今却选择了每天早上在桥上待一会儿，因为那是罗依的习惯啊，如果他哪一天从埃及回来了，没准儿会在清晨与他相逢在桥上。

日子一天一天地从指间滑过，明天就是 7 月 1 日了。清晨，南茜依旧像从前一样带着那串彩石站在叹息桥上。离开的时候，她经过一群画家的身边，那串彩石不经意地滑落在地上，其中一位年轻的画家替她拾了起来。“谢谢你。”南茜感激地说。

“不，应该是我谢谢你才对，谢谢你这一年来每天都充当我的模特儿。”年轻的画家红着脸说，“你知道吗？我很喜欢临摹这座桥，可总感觉它缺了点什么。后来我加上桥上的行人，才觉得它焕发出了自然界的生气。人与桥本来就是一幅和谐的风景。”他拿出一大沓画稿给南茜看，“这是我最近完成的组图，取名为《康桥的晨与昏》。”

那是康桥一天之中最美丽的两个时刻：清晨和黄昏。南茜可以清清楚楚地看见自己站在桥上的模样。当她翻开另一幅黄昏画图的时候，她呆住了：桥上站着一位清瘦的男子，穿着一件浅灰色的风衣，那样子像极了罗依！年轻的画家在旁边解释道：“真奇怪，你来到这里一个月后，有一个男子也每天来到这座桥上，只不过是每天黄昏。你们两个人每天一早一晚来这里，所以我的画里最多的就是清晨的你和黄昏的他了。”

南茜忽然泪流满面，喃喃地说：“我知道了，他和我一样，宁可错过美丽的清晨，也不想错过自己爱的那个人。”

黄昏的康河袅袅升起了丝丝缕缕的雾，水淋淋地夹杂着栀子花的芬芳。南茜站在叹息桥上，深情地望着罗依一步步地向她走来。“瞧，我们比约定的早了一天呢！”罗依微笑着说。“是啊，”南茜幸福地说，“原来康桥的清晨和黄昏都是一样的美丽。”

（桑塞姆）

编后记

本书收集了大量流传中外的名家散文、故事，这些文章从不同方面阐述了心态的力量、人生的真谛、对成功的追求等，细细品读，它能让每个人都能从中得到启发。

为了使本书更具完整性和权威性，在编辑本书的过程中，我们利用各种途径查阅了相关的资料，力争为读者奉献出一本最完美的精品文摘。在我们查阅的资料当中，有一些极好的理论，我们进行了阐述和引用，在此对这些理论的倡导者表示感谢。

此外，由于资料来源广、渠道多，对部分作品我们未能及时联系上作者，我们在此深表歉意，若您的文章被选编入本书，请及时联系我们，以便及时支付稿酬与邮寄样书。

编者

82373684@qq.com